Andrea Späth

*Die*

*JA-Frage*

© 2016 Andrea Späth

Herstellung und Verlag:

BoD - Books on Demand, Norderstedt

Umschlaggestaltung: André Langner

Fotos: Maren und Timo Frey

ISBN: 978-3-7412-3923-6

### *Danke!*

*Bei „Herz im freien Fall" habe ich noch um jede Zeile kämpfen müssen, um die Seitenbeschränkung einzuhalten. Dieses Mal ist zum Glück noch Platz für eine Danksagung!*

*Danke an Joachim, der vermutlich im Stillen ein: Endlich! hinzufügt.*

*Lieben Dank meinen Mädels, die es mir ermöglicht haben, die Zeit zum Schreiben zu erübrigen. Danke zudem dir Clara, dass du mit deinem Korrekturlesen, dazu beigetragen hast, dass dieses Mammutprojekt (endlich) ein Ende findet.*

*Mein ganz besonderen Dank, gilt Bettina, die sich mit Feuereifer in meiner Schaffenskrise in die Aufgabe der Lektorin gestürzt und mit ihren Anregungen für neuen Schwung gesorgt hat. Danke, auch fürs immer wieder Mut zusprechen, wenn es mal wieder nicht so lief, wie ich es mir vorgestellt habe.*

*Ein riesen Dankeschön an Maren und Timo, die es mit ihren Hochzeitsfotos ermöglicht haben, dass André ein Cover nach meinen Wünschen zaubern konnte. Danke André dafür.*

*Danke an Angelo und Pepe vom City, die sofort zugesagt haben, dass das City auch im Buch das City bleiben darf.*

*Ein ganz besonderes Dankeschön gilt all den Leserinnen und Lesern(!!!) meines ersten Buches „Herz im freien Fall" für ihre vielen positiven Rückmeldungen. Es waren genau diese, die mich ermutigt haben, mein zweites Buchprojekt in Angriff zu nehmen.*

*Jetzt hoffe ich, dass alle, die das Buch in die Hand nehmen, viel Spaß beim Lesen haben werden.*

**Andrea Späth**

**S**andkörner rieselten ihr beim Gehen warm durch die Zehen. Der Strand breitete sich einsam vor ihr aus. Die verstreuten Liegen waren verlassen. Auf einzelnen leuchteten schneeweiße Tupfen: Handtücher, die vom Vormittag zurück geblieben waren. Dahinter glitzerte das Meer wie ein flacher Spiegel. Simone blieb stehen und ließ die Ruhe auf sich wirken. Die leichte Brise machte die drückende Mittagshitze halbwegs erträglich. Ohne den morgendlichen Trubel konnte man sogar die Wellen hören, die sanft am Strand ausliefen, untermalt vom Rascheln der Palmblätter. Langsam wandte sie sich um und strich sich eine dunkelblonde Strähne aus ihrem Gesicht. Jochen lief bereits zielstrebig auf die kleine Tauchbasis am Steg zu. Er hatte nicht bemerkt, dass sie zurück geblieben war. Am Ziel angekommen, wandte er sich suchend um. Simone musste schmunzeln, als sie seinen verdutzten Gesichtsausdruck sah. Er winkte ihr zu und lief ihr entgegen: „Alles OK?", hakte er ein wenig besorgt nach. Simone lächelte ihn beruhigend an: „Ja, klar! Schau nur, wie schön es hier ist!", sie machte eine ausladende Handbewegung: „Als ob die Welt uns alleine gehört." – Jochen stellte sich hinter Simone und schlang seine Arme um sie. Gemeinsam sahen sie aufs Meer hinaus, wo sich am Horizont zwei Segelboote abzeichneten. Simone genoss das Gefühl von Geborgenheit, das sie durchströmte. Schließlich lösten sie sich wortlos, Jochen zog sie noch einmal zu sich heran und küsste sie zärtlich. Dann nahm er entschlossen ihre Hand und gemeinsam gingen sie die letzten Schritte. Als sie die Terrasse der Tauchbasis erreicht hatten, kam Momo strahlend mit zwei

Gläsern frisch gepressten Orangensaft aus der Holzhütte. Seine gute Laune war wie immer ansteckend. Bei seiner rundlichen Figur hätte man ihn für alles Mögliche gehalten, nur nicht für einen Tauchlehrer. Aber er hatte Simone und Jochen mit seiner unglaublichen Wendigkeit über und unter Wasser schon einige Male beeindruckt. Heute wollten sie das Hausriff jedoch ohne ihn erkunden. Jochen hatte den Tauchgang am Morgen in aller Ausführlichkeit mit Momo besprochen und er hatte ihnen genau zu diesem Zeitpunkt geraten. Der Rest des Hotels schien, in einen mittäglichen Dornröschenschlaf gefallen zu sein. Er stellte die zwei Gläser vor ihnen auf dem Tisch ab und setzte sich zu ihnen. Dann zeigte er mit beiden Daumen nach oben. Die Sicht unter Wasser sei exzellent, der Wind würde nur an der Wasseroberfläche zu einer leichten Dünung führen und die Strömungen unter Wasser seien gut kalkulierbar. Erst jetzt fiel Simone auf, dass sein krauses Haar feucht Schimmerte. Offensichtlich war Momo gerade erst selbst vom Tauchen zurück. Simones Vorfreude auf diesen Tauchgang stieg weiter und ein angenehmes Kribbeln begann sich in ihrer Magengegend auszubreiten. Die farbenfrohe Vielfalt der Unterwasserwelt hier am Hausriff machte süchtig nach mehr. Gleich beim ersten Tauchgang hatten sie eine kleine Gruppe Juwelen-Zackenbarsche gesehen, die mit ihrer leuchtend rot-orangenen Färbung und den vielen kleinen blauen Punkten ein wunderschönes Farbspektakel boten. Eine gefleckte Muräne hatte ihren schlanken Hals aus ihrer Höhle herausgestreckt. Für Simone war es die erste Begegnung mit einer Muräne und bei dem Gedanken daran wuchs ihre Aufregung. Aber jetzt standen ihr erst einmal die ungeliebten Vorbereitungen bevor. Sie hasste es, sich in die enge Pelle ihres Tauchanzugs zu zwängen. Jochen, mit seiner sportlichen Figur, hatte sich die zweite Haut bereits lässig übergezogen, wissend grinsend kam er zu Simone herüber, nahm den oberen Teil ihres Anzugs und zog ihn gekonnt mit Schwung über ihre Schulter. Simone seufzte erleichtert. Dagegen war der zweite Ärmel ein Kinderspiel. Die Füßlinge waren noch angenehm feucht vom letzten Tauchgang und kühlten die Füße. Mit der Flasche auf dem Rücken und den Flossen in der Hand stapfte Simone durch den Sand. Sie hatte das Gefühl, dass ihre Knie unter dem Gewicht nachgeben würden. Dieses Mal blieb Jochen an ihrer Seite. Bereits nach der kurzen Strecke zum Badesteg spürte Simone die Rinnsale, die ihr an Rücken und Vorderseite hinab strömten. Bis sie am anderen Ende des Stegs ankamen, würde sie das Gefühl haben, in ihrem Anzug zu schwimmen. Am Einstieg gingen sie konzentriert den Buddycheck durch. Sie waren ein eingespieltes Team und wussten, dass sie sich absolut aufeinander verlassen konnten. Dann kam von Jochen ein abschließendes: „OK?" – Simone nickte ihm freudig zu, gab aber zusätzlich das entsprechende Handzeichen bevor sie einen großen Schritt nach vorn machte. Das Wasser umschloss sie. War das herrlich! Das kühle Meerwasser sickerte in den Anzug ein und sorgte rasch für Abkühlung. Wieder an der Oberfläche ließ Simone etwas Luft in ihr Jackett und sortierte sich. Jochen war direkt neben ihr und strahlte sie an. Sie wusste, dass er ihre gemeinsamen Tauchgänge liebte. Dann waren sie bereit fürs Abtauchen. Dieser kurze Augenblick, in dem die Tauchermaske bereits zur Hälfte unter Wasser ist und in der oberen Hälfte die

Welt zu verschwimmen beginnt, war für Simone jedes Mal ein magischer Moment. Gerade war es noch da, das geräuschvolle Treiben da oben und dann tauchte man ein in die Unterwasserwelt, überwältigt von der Ruhe, die einen dort empfing. Erst hörte man nur seinen eigenen Atem, aber so wie sich die Augen nachts an die Dunkelheit gewöhnten, nahm man allmählich, wie von Ferne, auch andere Geräusche wahr. Ganz gemächlich ließen sich Jochen und Simone in Richtung eines riesigen Sandplateaus auf etwa zehn Meter Tiefe sinken. Simone genoss die eigene Schwerelosigkeit und beobachtete gebannt das bunte Treiben um sich herum. Verschiedene Papageifische sorgten für eine schier unendliche Farbenvielfalt. Aber besonders die Picassodrückerfische machten ihrem Namensgeber alle Ehre. Jochen deutete auf einen Rotfeuerfisch, der elegant und divenhaft durchs Wasser schwebte. Dann signalisierte er ihr, dass sie ihren Tauchgang in Richtung eines Riffs fortsetzen wollten. Das Riff erhob sich wie eine kleine Bergkuppe aus der Sandfläche vor ihnen. Es stieg sanft an und war über und über mit den verschiedensten Korallen bewachsen. Simone wusste von vorangegangenen Tauchgängen, dass auf der Rückseite eine Clownfischkolonie lebte und freute sich, dass Jochen diese Route für ihren Tauchgang gewählt hatte. Gemächlich paddelten sie, in die eingeschlagene Richtung. Jochen schwamm zwar vor ihr, aber leicht versetzt, damit sie Blickkontakt halten konnten. Simone amüsierte seine Fürsorge immer wieder. Er war zwar der deutlich erfahrenere Taucher als sie, dafür war sie, die bei weitem bessere Schwimmerin und fühlte sich im Wasser ganz in ihrem Element. Außerdem war das Tauchen an dieser Stelle und bei der klaren Sicht, der reinste Unterwasserspaziergang. Andererseits gab es Simone ein Gefühl von Sicherheit, wenn sie ihn dicht an ihrer Seite wusste. Sollte sie unerwartet in Schwierigkeiten kommen, wusste sie, dass Jochen nur einen Wimpernschlag entfernt war und alles dafür tun würde, sie wieder sicher an die Wasseroberfläche zu bringen.

Langsam umrundeten sie das Riff. Kam man von dieser Seite, veränderte sich die Unterwasserlandschaft dramatisch. Statt des weiten Sandplateaus mit vereinzeltem Grasbewuchs, gab es nun versprenkelte kleine Korallenbänke, um die herum das Leben pulsierte. Es war wunderschön. Aber heute nahm Simone etwas anderes den Atem: Vor ihr war ein riesiges Transparent aufgespannt, auf dem stand:

*Ich liebe dich im Wasser und an Land!*
*Willst du mich heiraten?*

Simone schossen die Tränen in die Augen. Natürlich wollte sie. Jochen war direkt neben ihr und versuchte, durch die Taucherbrille hindurch, Simones Reaktion zu erahnen. Etwas unbeholfen umarmte sie ihn. Sie überlegte kurz, ob sie ihn küssen sollte, ließ es dann aber lieber sein. Das traute sie sich hier unter Wasser dann doch nicht. Stattdessen grinste sie ihn breit an und machte mit beiden Händen das "OK"- Zeichen. Jochen antwortete mit einem Salto. Dann nahm er ihre Hand und hauchte ihr einen Handkuss darauf. Mit der großen Taucherbrille wirkte die Geste sehr theatralisch und Simone verschluckte sich fast vor Lachen. Jochen zog sie zu sich heran. Gemeinsam schwebten sie vor dem Transparent im Wasser. Simone wäre am liebsten gar nicht mehr aufgetaucht. Aber schließlich gab Jochen ihr ein Zeichen und Simone stellte fest, dass ihre Zeit unter Wasser allmählich ablief. Zusammen lösten sie die Verankerung und rollten das Transparent sorgfältig ein. Mit einem kleinen Seufzer begann der Aufstieg an die Wasseroberfläche.

Momo erwartete sie bereits zurück. Vor dem Sekt, den er für sie kalt gestellt hatte, gab es erst einmal eine Flasche Mineralwasser zum Durst löschen und einen langen intensiven Kuss für Jochen. Simone schwebte noch immer. Endlich hatte er sie gefragt! Wie lange hatte sie sich das gewünscht? Als sie sich vor vier Jahren kennengelernt hatten, war es nicht unbedingt Liebe auf den ersten Blick. Petra, die Kollegin, mit der sie schon seit Jahren befreundet war, hatte sie überredet, zu einem privaten Sommerfest mit zu kommen. Zunächst hatte sie keine große Lust gehabt. Petra war viel mit ihrer Clique zusammen: Freunde, die sich seit vielen Jahren kannten und oft gemeinsam unterwegs waren. Simone verspürte wenig Lust, sich als Anhängsel abgehängt zu fühlen. Aber Petra hatte sie erfolgreich mit der Aussicht auf Cocktails gelockt. Und die waren tatsächlich sehr lecker! Jochen hatte als Barkeeper eine gute Figur gemacht. Da Simone ihre Cocktails am liebsten fruchtig und mit wenig Alkohol mochte, waren sie am improvisierten Tresen schnell ins Gespräch gekommen. Jochen erfüllte Simone gerne ihre Sonderwünsche und schaffte es, genau ihren Geschmack zu treffen. Dann hatte er den Tresendienst abgegeben und sie hatten sich zu zweit in eine ruhigere Ecke zurück gezogen, um ihre Unterhaltung fortzusetzen. Die Zeit war wie im Flug vergangen und entgegen ihrer Befürchtungen hatte Simone den Abend sehr genossen und gehofft, dass Jochen sie nach ihrer Telefonnummer fragen würde. Als er sie aber einfach ziehen ließ, war Simone überrascht, wie enttäuscht sie war. Andererseits hatte sie sich nicht getraut, von sich aus den ersten Schritt zu machen.

Am nächsten Montag kam Petra zu ihr ins Büro. Ohne große Umschweife drückte sie Simone einen Zettel mit Jochens Nummer in die Hand: „Du hast einen bleibenden Eindruck hinterlassen.", lächelnd fügte sie hinzu: „Er würde sich freuen, wenn du dich meldest! Und wehe du traust dich nicht." - Im Nachhinein, hatte Simone sich immer wieder gefragt, ob Petra von Anfang an den Plan gehabt hatte, sie beiden zusammen zu bringen. Aber am Ende hatte sie nie nachgehakt.

Der Anfang ihrer Beziehung war holprig. Jochen schien viel beschäftigt: Als Versuchsingenieur war die Länge seiner Arbeitstage nicht immer kalkulierbar und zudem war ihm sein sportlicher Ausgleich sehr wichtig. Fast täglich ging er joggen oder war mit dem Fahrrad unterwegs. Simone hatte in ihrem Leben wiederholt Versuche unternommen, unter die Läufer zu gehen und war jedes Mal kläglich gescheitert. Mittlerweile gestand sie sich zu, dass Joggen einfach nicht ihr Ding war. Fahrrad fahren war für sie eine gemütliche Wochenendaktivität und kein Workout. Deshalb gestaltete es sich schwierig, spontan unter der Woche einen gemeinsamen Nenner zu finden. Wenn sie dann aber mal zusammen waren, harmonierte es bestens zwischen ihnen. Am liebsten kochten sie gemeinsam. Sie schätzten beide die asiatische Küche und der Wok gehörte zur Standardausrüstung in beiden Wohnungen. Bereits nach einem Jahr zogen sie zusammen. Simone hatte zunächst gezögert. Wie es wohl werden würde, wenn sie sich so dicht auf der Pelle saßen? Schnell merkte sie, dass es die richtige Entscheidung gewesen war. Das Zeitproblem entspannte sich. Und auch die am Ende eher lästige Frage: „Zu dir oder zu mir?", fiel weg. Nun wohnten sie seit fast drei Jahren zusammen. Simone war fester Bestandteil des gemeinsamen Freundeskreises von Petra und Jochen geworden und hatte das Gefühl, angekommen zu sein. Nie zuvor hatte sie sich vorstellen können, den Rest ihres Lebens mit einem Mann zu verbringen. Aber Jochen war genau dieser Mensch, mit dem es lohnenswert schien, über so etwas wie eine Langfristplanung nachzudenken. Und damit stand für Simone fest, was kommen musste. Aber jedes Mal, wenn sie vorsichtig versuchte, das Thema aufs Heiraten zu lenken, hatte Jochens Radar frühzeitig Alarm geschlagen und ein geschicktes Ausweichmanöver eingeleitet. Mit dem Ergebnis, dass sie nie ernsthaft über das Thema gesprochen hatten. Und jetzt, dieser überwältigende Antrag. Damit hatte Simone so gar nicht gerechnet. Aber es war nicht die einzige Überraschung, die Jochen für sie bereit hielt.

An den vergangenen Abenden waren sie dem Strom der Hotelgäste in eines der All-Inclusive-Restaurants in der Hotelanlage gefolgt, vorbei an den wenigen Gästen, die auf einer überschaubaren, heimelig wirkenden Terrasse direkt am Strand saßen und dort aßen. Simone hatte sie mit einem sehnsüchtigen Blick bedacht. Heute Abend würden sie beiden dort sitzen. Sie wusste das umso mehr zu schätzen, da Jochen seine romantische Ader bislang gekonnt versteckt hatte und solche Stelldichein immer als kitschig abgetan hatte. Heute aber übertraf er sich selbst und überraschte Simone mit einer ganz neuen Seite.

Nach dem Tauchen waren sie jedoch zunächst auf ihr Zimmer gegangen, hatten zusammen geduscht und ohne viele Worte, die neue Qualität ihrer Zweisamkeit genossen. Simone war verblüfft, wie der bloße Heiratsantrag, ihren Blick auf die Dinge und auch ihre Gefühle verändert hatte. Plötzlich nahm die Zukunft konkrete Gestalt an. Die Ungewissheit, ob nur sie sich vorstellen konnte, den Rest ihres Lebens mit Jochen zu verbringen, hatte sich in Luft aufgelöst und ein noch stärkeres Gefühl der Zusammengehörigkeit machte sich breit. Sie freute sich unbändig darauf, mit Jochen Pläne zu schmieden, wusste aber instinktiv, dass sie ihn nicht überfahren durfte. Aber Simone war sich sicher, dass sich am Abend die Gelegenheit dazu ergeben würde. Das bedeutete nur leider, dass sie jetzt erst einmal das kuschelige Bett verlassen mussten. Unwillig löste sich Simone schließlich aus Jochens Armen. Aber es wurde Zeit, ihr zerzaustes Äußeres für das schicke Abendessen aufzupeppen.

Jochen hatte es einfacher. Verschmitzt lächelnd fuhr er sich mit beiden Händen durch die kurzen, leicht gelockten dunkelblonden Haare. Fertig! Seine gerade geschnittene Jeans brachte seine sportliche Figur besonders gut zur Geltung und das weiße Hemd unterstrich den bronzefarbenen Teint, den er in den letzten Tagen bekommen hatte, zusätzlich. Er sah zum Anbeißen aus. Simone musste sich zurück halten, um ihn nicht zurück ins Bett zu ziehen. Simone hatte sich für eine helle Leinenhose entschieden, die weit geschnitten war und ihre überflüssigen Pfunde geschickt kaschierte. Darüber trug sie eine schicke Tunika in einem frischen Orange, die am Ausschnitt mit Perlen bestickt war. Bewundernd stieß Jochen einen Pfiff aus. Hand in Hand schlenderten sie zum Strand hinunter. Von der befestigten Strandpromenade zweigte ein schmaler Pfad zu der überdachten Terrasse ab. Beide Seiten des Weges waren mit Fackeln beleuchtet, deren Feuerschein wilde Schatten über den Sand tanzen ließ. Ein elegant, ganz in weiß, livrierter Kellner begleitete sie zu einem Tisch direkt zur Meerseite hin. Auf diesem stand eine schmale Vase mit einer einzelnen Blume und die Tischsets aus Bast hatten die Form eines Fisches. Die weißen, gestärkten Tischservietten unterstrichen den Kontrast zum All-Inclusive-Restaurant jedoch am stärksten. Ihr Kellner schenkte ihnen aus einer Glaskaraffe Wasser ein und fragte nach ihren weiteren Getränkewünschen. Simone freute sich, dass sie hier ganz selbstverständlich Tee zum Essen bestellen konnte. Jochen blieb bei seinem allabendlichen Bier. Dann nahm Jochen die mit altägyptischen Schriftzeichen verzierte Menükarte zur Hand und las Simone vor: „Mmh, das klingt aber lecker: Wir starten mit einem Vorspeisenteller mit diversen Dips." – Simones Augen leuchteten: „Das klingt, als würde ich heute Abend endlich einmal in den Genuss von Humus kommen. Was gibt es als nächstes?" – Jochen legte seine Stirn kritisch in Falten: „Rote Linsensuppe! Wir haben doch nicht Winter!" – Simone lachte: „Rot klingt richtig schön feurig. Ich glaube nicht, dass du eine dicke Pampe mit Spätzle zu befürchten brauchst." – Jochen verabscheute Simones Leibgericht, die typisch schwäbischen Linsen mit Spätzle. Simone hoffte, dass sie heute Abend eine leckere Alternative kennenlernen würden, die sie beide mochten.

Der Kellner stellte eine üppig gefüllte Platte mit verschiedenen gebratenen Gemüsesorten und kleine Schälchen mit den angekündigten Dips in die Mitte des Tisches. Simone riss erst Jochen dann sich selbst ein Stück des Fladenbrots ab, das dazu gereicht wurde und tunkte es in die Schüssel ein, die Humus zu versprechen schien. Genussvoll seufzte sie: „Lecker! Das musst du unbedingt probieren!" – Jochen hatte bereits den Dip daneben versucht und strahlte: „Wow, das ist sensationell, leckeres Sesammus! Sehr empfehlenswert!" – Die beiden schwelgten ausgiebig in den leckeren Vorspeisen. Als nächstes brachte der Kellner zwei schlichte Tonschalen. Skeptisch beäugte Jochen, das dampfende Behältnis. Simone musste lachen: „Jetzt stell dich nicht so an!" – „Pah, dann mach du doch den Anfang, wenn du dich traust.", neckte Jochen sie. Das ließ Simone sich nicht zweimal sagen und griff zu ihrem Löffel. Jochen beobachtete gespannt ihre Reaktion. Simone überlegte kurz, ob sie ihn auf den Arm nehmen sollte, entschied sich aber dagegen: „Ich wette, diese Linsensuppe kommt unter unsere Top 10 Suppenrezepte!" – Nun griff auch Jochen zum Löffel und stimmte Simone spontan zu. Die Suppe entpuppte sich als leckerer Gemüseeintopf, der durch die ungewohnten Gewürze eine besonders interessante Note hatte. Simone stellte fest, dass sie sich vor lauter Schlemmen, noch über nichts anderes, als das leckere Essen unterhalten hatten. Dabei gab es doch so viel zu besprechen. Wie sollte sie den Aufschlag machen? Aber Jochen kam ihr zuvor. Er signalisierte dem Kellner, dass sie eine Pause vor dem Hauptgang einlegen wollten. Dann beugte er sich vor und nahm Simones Hände sanft in die seinen: „Habe ich dich sehr überrascht?", wollte er ohne Umschweife wissen. An seine direkte Art hatte Simone sich zu Anfang erst einmal gewöhnen müssen. Jochen war nicht gerade der geborene Plauderer und wenn er etwas sagte, war es auf den Punkt und man wusste manchmal zu genau woran man war. Mittlerweile liebte Simone genau diese Klarheit an ihm. Sie überlegte kurz: „Ja, sehr! Ich hatte schon das Gefühl, dass Heiraten bei dir ein Unwort ist!" – Jochen lehnte sich etwas zurück: „Meinst du, ich hätte nicht mitbekommen, dass du ständig bohrst?" – Seine Worte versetzten Simone einen Stich: „Soll das etwa heißen, dass du dich von mir genötigt fühlst?", fragte sie schärfer als beabsichtigt. Jochen lachte auf: „So gut solltest du mich mittlerweile kennen. Ich lasse mich weder nötigen noch drängen. Aber mir war klar, dass du ganz offiziell gefragt werden möchtest, aber den Zeitpunkt wollte ich schon selber bestimmen!" – Simone war halbwegs versöhnt: „Und was macht dies zum richtigen Zeitpunkt?" – Nun lehnte sich Jochen wieder vor und schaute ihr tief in die Augen: „Eigentlich war es nur eine Frage der Zeit. Ich finde, es lief von Anfang an super zwischen uns. Als für mich fest stand, dass ich dich fragen will, war jedoch klar, dass ich dir keinen null acht fünfzehn Antrag machen will. Irgendwann kam mir dann die Idee zu heute. Das hieß aber, dass wir erst einmal einen Tauchurlaub machen müssen." – Simone konnte ein Schmunzeln nicht unterdrücken. Sie hatte sich gewundert, weswegen Jochen ihr diesen Urlaub völlig unnötigerweise übertrieben schmackhaft gemacht hatte. Sie erwiderte den Druck seiner Hände. Sie hatte so ein wunderbar warmes Gefühl im Bauch, dass sich immer weiter ausbreitete und ihr allmählich zu Kopf stieg. Um den Zauber des Augenblicks nicht zu stören, schluckte sie ihre Fragen zu den Hochzeitsvorbereitungen herunter. Die mussten jetzt einfach warten. Ausgerechnet in diesem Moment brachte jedoch der Kellner den Hauptgang: Es gab dreierlei gegrillten Fisch, mit einem Ratatouille von Okraschoten und Couscoustalern dazu. Das Gericht duftete verlockend. Simone war dankbar, dass der Kellner das Filetieren der Fische übernahm. Sie ließ den Blick über ihren Teller schweifen und blickte hinaus aufs Meer. Was für ein fantastischer Abend: „Ich freue mich so, dass du uns dieses wunderbare Essen hier organisiert hast!" – Jochen grinste sie breit an: „Deine sehnsuchtsvollen Blicke waren nicht zu übersehen! Außerdem wollte ich den perfekten Abschluss für diesen Tag. Und ich muss zugeben, es ist wirklich klasse hier!" – Er griff nach seiner Gabel, dann kam ihm plötzlich ein Gedanke und er hielt inne: „Bist du enttäuscht, dass ich keinen Ring für dich habe?" – Erst jetzt bemerkte Simone, dass eigentlich noch etwas Entscheidendes fehlte. Sie lachte: „Das ist mir noch gar nicht aufgefallen." – Es überraschte Jochen nicht, dass Simone nichts vermisst hatte. Äußerlichkeiten waren ihr nicht wichtig. Das unterschied sie positiv von ihren Vorgängerinnen an seiner Seite: „Ich habe mir dazu einiges an Gedanken gemacht. Ich finde aber, dass wir die Ringe unbedingt gemeinsam aussuchen sollten. Vielleicht können wir uns hier bei einem Goldschmied umsehen." – Simone war sofort Feuer und Flamme: „Das ist eine schöne Idee und wäre dann gleichzeitig eine Erinnerung an diesen tollen Urlaub." – Simones Begeisterung gab Jochen das Gefühl, bislang alles richtig gemacht zu haben. Ihm war durchaus bewusst, dass das in anderen Fragen in Sachen Hochzeit nicht so einfach werden würde. Simone nutzte die Gelegenheit und spielte ihm den Ball nochmal zu: „Und, was hast du dir sonst so überlegt?" – Jochen zögerte einen kurzen Moment. Er hatte Simones versteckte Botschaften in den vergangenen Wochen und Monaten durchaus gehört. Deswegen war ihm bewusst, dass Simone von einer Hochzeit im kleinen Kreis träumte. Daher galt es jetzt, Fingerspitzengefühl zu beweisen: „Ich weiß, dir wäre es am liebsten, wir würden Eltern und Trauzeugen einpacken und an einen Traumstrand reisen, um dort zu heiraten. Das wird aber nicht gehen." – Er sah, dass Simone einen angespannten Gesichtsausdruck bekam. Verflixt, dabei wollte er den Zauber des heutigen Tages nicht zerstören, aber manche Dinge klärte man am besten gleich: „Du hast doch schon mitbekommen, dass man bei uns den ganzen Familienklan zu wichtigen Anlässen einlädt. Ich möchte da nicht die Ausnahme sein. Außerdem", hier machte er eine bedeutungsvolle Pause: „sag nicht, dass du ohne die Clique feiern möchtest." – Simone musste sich eingestehen, dass sie allen anderen Hoffnungen zum Trotz, gewusst hatte, das Jochen, ihr den Wunsch, nach einer Feier im kleinen Kreis, nicht erfüllen würde. Aber war es wirklich so schlimm, bei der eigenen Hochzeit all die Menschen dabei zu haben, die ihr mittlerweile so viel bedeuteten? Sie lächelte ein wenig gequält: „Ist schon OK! Ich finde es zwar schade, aber wir werden einfach das Beste daraus machen." – Jochen war erleichtert, dass Simone so rasch einlenkte und drückte ihre Hand. Wie gut, dass dieser Punkt – vermutlich der heikelste – sich so entspannt hatte klären lassen. Dann konnte der Rest kommen. Versöhnlich entgegnete er: „Dafür halten wir die standesamtliche Trauung in ganz intimer Runde ab, was hältst du davon?" – Simone fand, dass das nur ein schwacher Trost war, aber im Gesamtpaket einen akzeptablen Kompromiss bedeutete. Die leicht schiefe Stimmungslage kam bei süßem, klebrigem Om Ali und Baklava wieder ins Gleichgewicht. Simone lachte: „Das ist zwar super lecker, aber nur mit einem starken Kaffee und viel Wasser zum Nachspülen zu verkraften." – Jochen stimmte ihr zu und griff trotzdem gleich nochmal nach einem Stück der leckeren Blätterteigteilchen. Bester Laune schmiedeten sie weiter Pläne.

Der Alltag holte sie zu Hause schnell wieder ein. Aber Simone schien gegen den Stress immun zu sein. Sie schwebte weiter auf Wolke Sieben. Noch am Flughafen hatte sie sich mit einem ganzen Stapel der vielen Hochglanzzeitschriften rund um das Thema Hochzeit eingedeckt. Endlich hatte sie einen Grund, in den Bildern der Traumroben zu schwelgen. Sie hatte das Gefühl, am Ziel ihrer Träume angekommen zu sein.

Die Frage, wer ihre Trauzeugen werden sollten, hatten sie rasch geklärt. Für Jochen war es klar, seinen besten Freund Tobias zu bitten. Simone hatte sich nach kurzer Überlegung für Petra entschieden. Schließlich hatte sie Schicksal gespielt und Starthilfe geleistet. Petra und Tobias gehörten beide zur Clique, kannten sich entsprechend gut und verstanden sich prächtig. Das machte sie zum perfekten Team und die gemeinsamen Vorbereitungen würden den Spaßfaktor für alle Beteiligten erhöhen. Sie hatten zunächst überlegt, es den beiden gemeinsam zu eröffnen, sich aber am Ende dagegen entschieden. Jochen lud Tobias in ihr Lieblingslokal, das City ein, eine Mischung aus Café, Bistro und Bar. Simone hatte Petra zur gleichen Zeit, zu einem Mädelsabend eingeladen. Petra freute sich von Simone, endlich mehr über den Urlaub zu erfahren. Sie hatte Simone nach dem Urlaub bislang nur im Büro gesprochen. Aber dort hatte Simone merkwürdig abwesend und ihr gegenüber geradezu distanziert gewirkt, so dass Petra sich Gedanken machte, ob es bei dem Traumpaar der Clique womöglich kriselte. Am verabredeten Abend öffnete Simone ihr strahlend die Tür. Auf dem Wohnzimmertisch erspähte Petra eine Flasche Sekt und jede Menge kleiner Goodies. Das machte sie stutzig. Natürlich ließen sie es sich an ihren Mädelsabenden gerne gut gehen, aber das sah nach mehr aus. Fragend sah sie Simone an. Die Gedanken ihrer Freundin erratend, lachte sie und schob ihre Freundin ins Wohnzimmer: „Jetzt komm erst einmal rein. Es gibt tatsächlich einen Grund zu feiern!" – „Bist du etwa schwanger?", entfuhr es Petra. Jetzt war es Simone, die verblüfft dreinschaute: „Wie kommst du denn darauf?" – „Na, deine Geheimniskrämerei im Büro, kein richtiger Urlaubsbericht und jetzt das.", sie zeigte vielsagend auf den Tisch. Simone nahm die Sektflasche und schwenkte sie sanft hin und her: „Nix schwanger!" – Petra fiel es wie Schuppen von den Augen: „Ihr heiratet?!" – Es war mehr eine Feststellung als eine Frage. Simone jubelte: „Er hat endlich gefragt." – Die beiden Freundinnen lagen sich in den Armen: „Ich freue mich so für euch. Aber jetzt erzähl endlich."

Diesen Gefallen tat Simone ihrer Freundin nur allzu gerne. Sie erzählte ausführlich von Jochens ausgefallenem

Heiratsantrag und dem romantischen Abendessen. Petra hörte aufmerksam zu und staunte nicht schlecht: „Du bist sicher, dass du mit unserem Jochen in Ägypten warst und nicht mit einem Doppelgänger, der weiß, was Frauen wollen?", fasste sie ihre Überraschung in Worte. Simone wusste sofort, worauf Petra hinaus wollte: „So viel Romantik hättest du Jochen also auch nicht zugetraut.", stellte sie vergnügt fest. Petra schüttelte verwundert den Kopf: „Da hat er sich selbst übertroffen!"

Jochen hatte im City den letzten freien Stehtisch ergattert und es sich auf einem Barhocker bequem gemacht. Es war wie immer an einem Freitagabend gut gefüllt. Darunter waren auch einige bekannte Gesichter, aber zum Glück niemand, der sich gleich zu ihnen gesellen und damit seinen Plan durchkreuzen würde. Denn Jochen wollte unbedingt alleine mit Tobias sprechen und musste sich eingestehen, dass er die Reaktion seines Freundes nicht abschätzen konnte, was ihn noch nervöser machte, als er ohnehin schon war. Dabei war ihm die Meinung von Tobias sehr wichtig. Schließlich waren es die Jungs in ihrer Clique, die den harten Kern ausmachten. Die meisten von ihnen waren schon gemeinsam in die Schule und sogar in dieselbe Klasse gegangen. Tobias und er waren Jahre lang Banknachbarn gewesen und hatten alles geteilt, was man als Jungen teilen kann. Und jetzt war ausgerechnet er der Erste, der den Schritt in den Hafen der Ehe wagen wollte. Wie das schon klang „der Hafen der Ehe". Es klang nach Endgültigkeit und irgendwie nach dem Ende von Spaß haben. Wie Tobias das wohl sah? Dass Simone die Richtige war, stand für ihn außer Frage. Schon an dem Abend, als sie sich auf dem Sommerfest unterhalten hatten, fand er sie klasse. Ihre offene und unkomplizierte Art hatte ihm auf Anhieb gefallen. Wenn sie ihn anlachte, strahlte ihr ganzes Gesicht. Jochen fand sie dann unwiderstehlich. Er wusste, dass Simone sich häufig Gedanken wegen ihrer Figur machte. Aber er liebte ihre weiblichen Rundungen. Natürlich wäre es perfekt, wenn sie seine Lust, Sport zu treiben, teilen würde. Aber er hatte keine Partnerin gesucht, die jede freie Minute mit ihm zusammenklebte. Wichtig war, dass sie ihm seine sportlichen Auszeiten gönnte. Und immerhin hatten sie bereits am ersten Abend fest gestellt, dass sie mit dem Tauchen ein gemeinsames Hobby hatten. Außerdem war ihm klar, dass es Simone umgekehrt mit ihm keinen Deut besser ging. Simone liebte Ballett und klassische Musik in den vielfältigsten Formen und ging besonders gerne in die Oper. Aber auch bei den Aufführungen der Stuttgarter Ballettszene kam sie ins Schwärmen. Jochen hatte guten Willen beweisen wollen und Simone versprochen, es wenigstens auf einen Versuch ankommen zu lassen. Allerdings hatte er sich geweigert, mit ihr in die Oper zu gehen. Er ertrug es einfach nicht, wenn die Diva in einer viertelstündigen Arie ihren eigenen Tod besang, bevor sie endlich dankenswerterweise auf der Bühne darnieder sank und endgültig keinen Ton mehr von sich gab. Also hatte Simone Ballettkarten besorgt und zwar für die Kameliendame, damit er, wie sie ihm erklärt hatte, auf der Bühne einer verständlichen Handlung folgen konnte und sich nicht ständig fragen musste, ob ihm die Verrenkungen zu moderner Musik etwas sagen sollten. Trotzdem hatte es sich für Jochen als schwere Kost entpuppt. Während Simone das Geschehen auf der Bühne hingerissen verfolgte, musste er sich beherrschen, ruhig zu sitzen. Seine Versuche, Simone in der Pause zum Gehen zu überreden, blieben erfolglos: „Dieses eine Mal musst du durch!", blieb sie unnachgiebig. Schließlich lenkte er ein: „Aber nur wenn du versprichst, dass ich nie wieder mit muss. Du kannst gehen, mit wem du willst, nur bitte nicht mehr mit mir." – Simone war enttäuscht, dass ihr Bemühen, ihn für etwas zu begeistern, das ihr so wichtig war, derart kläglich gescheitert war. Und tatsächlich unternahm sie nie wieder einen Anlauf, Jochen zu einem weiteren Versuch zu überreden. Trotzdem schüttelte es Jochen bei dem Gedanken, als er sich daran erinnerte, wie sehr der letzte Akt für ihn zur Qual geworden war.

„Alles OK bei dir?", Tobias legte ihm eine Hand auf die Schulter. Jochen war so in seine Gedanken versunken, dass er gar nicht gemerkt hatte, dass Tobias an den Tisch getreten war. Er lachte: „Nur ein grauenvoller Flashback an meinen Ausflug in die Stuttgarter Kulturszene!" – Tobias grinste verständnisvoll und ließ sich auf den freien Barhocker neben Jochen gleiten: „Und sonst, alles klar?", neugierig fragend sah er Jochen an, der mit der Getränkekarte spielte. Jochen blickte auf: „Hast du am vierundzwanzigsten Mai schon etwas vor?" – Tobias erwiderte irritiert: „Nächstes Jahr? Das ist ja noch ewig hin. Wie kommst du gerade auf dieses Datum?" – Jochen machte eine bedeutungsvolle Pause und sah seinen Freund auffordernd an: „Hast du echt keine Idee?" – Tobias überlegte kurz, schüttelte dann aber den Kopf. Dieses Unterfangen entpuppte sich als schwieriger, als Jochen es sich vorgestellt hatte: „Schon mal was von „heiraten" gehört?" – Jetzt ging Tobias ein Licht auf. Sofort strahlte er seinen Freund an und legte seine Hand auf dessen Unterarm: „Jetzt echt? Das finde ich super, dass du und Simone den Aufschlag macht!" – „Tatsächlich?", Jochen war überrascht. Aber Tobias sah das pragmatisch: „Na, ewig können wir Männer uns nicht drücken. Du weißt doch, wie lange Melanie mir schon in den Ohren liegt. Jetzt können wir uns die Aktion bei euch in aller Ruhe anschauen und außerdem", an dieser Stelle knuffte er Jochen freundschaftlich in die Seite: „hält Melanie dann noch ein bisschen die Füße still – es soll schließlich keine Doppelhochzeit werden." – Jochen musste lachen: „Und damit du ganz genau hinschauen kannst, hast du die Chance auf einen Platz in der ersten Reihe: Willst du mein Trauzeuge sein?" – Natürlich wollte Tobias! Aber zunächst forderte er einen Bericht vom Heiratsantrag. Am Ende von Jochens Schilderungen runzelte Tobias die Stirn: „So viel Romantik hätte ich dir gar nicht zugetraut. Du weißt schon, dass du damit die Latte für uns anderen mächtig hoch gehängt hast!"

Die Jungs entschieden spontan, zu den beiden Mädels dazu zu stoßen. Als Jochen die Wohnungstür aufschloss, hörte man sofort, dass die Stimmung auch hier bestens war. Petra lief ihm entgegen und nahm ihn in den Arm: „Gut gemacht!", lobte sie ihn mit einem Augenzwinkern. Tobias, der das gehört hatte, stöhnte theatralisch auf: „Ja, ja schon klar! Jetzt lauert ihr Mädels bei jeder Gelegenheit auf euren Antrag!" – „Natürlich! Jochen hat schließlich vorgemacht wie es geht und gezeigt, dass es gar nicht weh tut, wenn ihr über euren Schatten springt! Aber jetzt fangen wir erst einmal mit dieser Hochzeit an." – Es wurde ein langer Abend. Zu viert schmiedeten sie Pläne. Simone war begeistert, dass ihre Trauzeugen sich von ihrer eigenen Vorfreude anstecken ließen und derart Feuer und Flamme waren. – „Eines ist ganz klar, den Junggesellenabschied, den plane ich ganz allein!", stellte Tobias entschieden fest: „Und dabei lasse ich mir von niemanden rein reden!", hierbei sah er bedeutungsvoll zu Simone hinüber, die sofort die Hände abwehrend hoch hielt: „So lange du mir meinen Bräutigam rechtzeitig unversehrt zurück bringst, könnt ihr anstellen was ihr wollt!" – „Wirklich alles?", hakte Tobias grinsend nach. Simone zuckte entspannt mit den Schultern. – „Gleiches Recht für alle!", forderte Petra: „Das gilt natürlich auch für uns Mädels!" – Jochen hielt sich zurück, aber Tobias fühlte sich herausgefordert: „Mal schauen, wer am ausgiebigsten feiert!" – „Die Wette gilt!", ließ Simone sich vernehmen. Überrascht schauten alle drei sie an. Simone war nicht gerade bekannt dafür, diejenige zu sein, die am Ende eines Festes das Licht ausmacht. Simone ruderte rasch ein klein wenig zurück: „Das heißt ja nicht, dass wir die Wette gewinnen müssen, oder?", dabei sah sie Petra entschuldigend an. Aber die Wette stand.

Als Tobias und Petra aufgebrochen waren, sahen Simone und Jochen sich strahlend an und holten gleichzeitig tief Luft. Das löste bei beiden einen spontanen Lachanfall aus: „Puh!", stieß Simone schließlich hervor: „Das Wichtigste ist geschafft: Die Hauptpersonen sind eingeweiht und die Eckdaten stehen jetzt auch." – Ihre Eltern hatten sie bereits auf der Rückfahrt vom Flughafen mit der Neuigkeit überrascht. Simones Mutter hatte sich riesig für ihre Tochter gefreut, wusste sie doch, dass damit für Simone ein Herzenswunsch in Erfüllung ging. Ihr Vater hatte die Nachricht mit stoischer Gelassenheit aufgenommen und mit Jochen bei einem kühlen Bier angestoßen, während Simone und ihre Mutter sich gleich auf die mitgebrachten Zeitschriften stürzten. Auch Jochens Eltern hatten sich gefreut. Jochens Mutter hatte sich zu einem: „Na, endlich!" hinreißen lassen, was bei ihrem Sohn reflexartig die Reaktion auslöste: „Aber mit den Enkeln wirst du dich noch ein wenig gedulden müssen." – Simone hatte verstohlen in sich hinein geschmunzelt und sich gefreut, dass dieses Thema damit fürs auch Erste geklärt war. Jetzt wollten sie erst einmal ihren großen Tag feiern. Den Termin hatten sie auf den vierundzwanzigsten Mai gelegt. Sie hofften auf schönes warmes aber noch nicht zu heißes Wetter. Die standesamtliche Trauung sollte am Vortag stattfinden, der Polterabend eine Woche vorher. Mit Petra und Tobias war ausgemacht, dass das Wochenende davor für das Abschied feiern vom trauscheinfreien Leben reserviert war. Um diesen Punkt mussten sie nicht selbst kümmern, umso gespannter waren sie, was sich ihre Trauzeugen einfallen lassen würden.

Obwohl die meisten Hochzeitsplanungschecklisten empfahlen, sich mindestens ein halbes Jahr vorher um das Brautkleid zu kümmern, hatte Simone entschieden, dies nicht während des nun anstehenden vorweihnachtlichen Trubels zu machen. Als Unterstützung hatte sie sich Petra und Claudia, ihre Freundin aus der Zeit an der Berufsakademie ausgeguckt. Die beiden hatten angeboten, dafür extra einen Tag Urlaub zu nehmen. Simone war überglücklich, denn insgeheim war das Aussuchen des Brautkleides für sie persönlich das Schönste im langen Vorbereitungsmarathon. Sie hatte den Tipp von einem versteckten kleinen Laden im zweiten Stock eines

Hinterhauses mitten in Stuttgart bekommen. Mit der Besitzerin hatte sie extra einen Termin vereinbaren müssen. Jetzt war sie gespannt, was sie erwartete. Die Mädels trafen sich bester Laune vor dem Haus und erklommen gemeinsam die Stufen. An einer unscheinbaren Tür im zweiten Stock war ein dezentes Schild angebracht. Das Bild einer Braut auf dem Schild war der einzige Hinweis darauf, dass sie hier richtig waren. Auf ihr Klingeln hin, wurde die Tür geöffnet. Enttäuscht schnappte Simone nach Luft. Trotz der Hinterhofadresse hatte sie deutlich mehr Glamour erwartet. Hier jedoch herrschte Wohnzimmeratmosphäre. Mitten im Raum stand ein abgewetztes rotes Plüschsofa mit einem niedrigen Tisch davor. An den Wänden waren endlose Kleiderstangen angebracht, an denen unzählige, überwiegend weiße Roben hingen. – „Hallo, willkommen, ich bin Felizitas.", stellte sich eine zierliche, junge Frau mit langen dunklen Haaren vor. Sie fing Simones irritierten Blick auf und lächelte nachsichtig: „Keine Sorge, ich bin sicher, du findest hier alles, was du für dein perfektes Outfit brauchst. Aber jetzt kommt erst einmal rein und macht es euch gemütlich. Ihr habt hoffentlich viel Zeit mitgebracht." – Mit einer einladenden Geste trat sie zur Seite. Da Petra und Claudia unbekümmert ihrer Aufforderung nachgekommen waren und es sich direkt auf dem Sofa bequem gemacht hatten, unterdrückte Simone den Impuls auf dem Absatz kehrt zu machen und folgte den beiden zögernd: „So, die Modenschau kann beginnen.", ermutigte Petra ihre Freundin. Simone deutete auf die mitgebrachte Tasche und sah fragend zu Felizitas. Diese verstand sofort: „Prima, du hast an die Stärkung gedacht." – Simone begann auszupacken: Sekt, O-Saft, Sprudel, Gummibärchen und Kekse. – „Felizitas meinte, es könnte länger dauern und ich will nicht, dass ihr die Geduld verliert, nur weil ihr halbverhungert seid.", fügte sie erklärend hinzu. – „Ich organisiere rasch noch Gläser und dann kann es losgehen." – Als Felizitas zurück kam, stand Simone immer noch unschlüssig mitten im Raum und blickte zweifelnd die langen Reihen an Kleider entlang, die dicht an dicht und teilweise verhüllt an den Stangen hängend, wenig spektakulär schienen. – „Hast du denn konkrete Vorstellungen?", verhalf ihr Felizitas zum Einstieg. Simone zog mehrere Hochglanzmagazine aus ihrer Tasche, die über und über mit Klebezetteln versehen waren und legte sie auf den Tisch. Mit einem kurzen Blick auf den Stapel hakte Felizitas weiter nach: „Hast du womöglich bereits einen Favoriten?" – Simone griff zielstrebig nach einer der Zeitschriften und schlug sie bei einem gelben Zettel auf. Ihre Freundinnen waren aufgestanden und schauten ihr neugierig über die Schulter. Sie tippte auf ein Foto. – „Wow!", die Mädels waren begeistert und Felizitas geschultes Auge erkannte sofort, dass sie eine Kundin mit exzellentem Geschmack vor sich hatte, die ein gutes Gespür dafür hatte, was ihr stand. Gespannt folgten ihr drei Augenpaare als sie zielstrebig auf eine der vielen Kleiderstangen zuging und vorsichtig die Traumkleider hin- und herschob. Nach einem letzten prüfenden Blick auf Simone zog sie eines heraus und hob es hoch. Die Mädels waren sprachlos. – „Wartet erst einmal ab, bis Simone es anhat!", verkündete Felizitas. Die Umkleidekabine war nur zum Entkleiden gedacht, denn das Anziehen der aufwendigen Kleider ging nicht ohne Hilfe. Simone wurde ganz warm, als Felizitas ihr das Kleid vorsichtig über den Kopf streifte und Petra und Claudia dabei halfen, die Stoffmengen zu bewältigen. Schließlich konnte Felizitas damit beginnen, das Kleid zu schließen. Petra und Claudia bekundeten lautstark ihr Entzücken. Simone konnte es kaum erwarten, sich selbst im Spiegel zu betrachten. Endlich war es so weit. Bei ihrem eigenen Anblick blieb ihr die Luft weg. Das war nicht sie selbst. Vor ihr stand eine Prinzessin in einem weißen Traum. Auf dem Bild hatte das Kleid wunderschön ausgesehen, aber an ihr selbst gefiel es ihr sogar noch besser: Das cremeweiße Kleid zeigte bis auf eine kleine Trägerschärpe am Übergang zwischen Schulter und Oberarm ein freies Dekolleté. Die Korsage war dezent mit Spitzenstoff überzogen, die höher gesetzte Taille wurde von glänzendem, gerafftem Stoff umspielt, der sich dann in diagonalen Falten über den Rock fortsetzte. Dieser bestand aus mehreren Lagen zarten Tülls, der dem Kleid eine duftige, leichte Note verlieh. Simone war hingerissen, Simone schwebte. Sie drehte sich vor dem Spiegel hin und her. Genau so hatte sie es sich erträumt: Sie würde in ihr Kleid schlüpfen und die Verwandlung wäre perfekt. Claudia reichte ihr ein Glas Sekt und die Frauen stießen an. Felizitas hielt sich im Hintergrund: Es waren genau diese perfekten Momente, die sie so sehr an ihrem Beruf liebte. Der Rest war weniger romantisch. Felizitas erschien mit einem reichbestückten Nadelkissen und nahm Maß. Simone war überrascht, wo am Ende überall Stecknadeln steckten. Dann folgte ein Stapel Schuhkartons. Auch hier wurde man fündig, dann wurde wieder abgesteckt, dieses Mal der Saum. Wieder drehte und wendete sich Simone vor dem Spiegel. Dann stand Felizitas mit einem Schleier hinter ihr: „Brauche ich den wirklich?", kritisch betrachtete sie ihr Spiegelbild. – „Natürlich brauchst du einen Schleier!", Petra zerstreute jeden Zweifel. Felizitas lächelte: „Den darfst du heute gleich mitnehmen, da du den für deine Frisur brauchst." – Simone fasste sich in die langen Haare und nahm sie hoch. Eine Strähne, die sich nicht hatte einfangen lassen, umrahmte ihr Gesicht. Sie spürte die überwältigende Gewissheit, dass sie perfekt aussehen würde.

„Das war aber eine rasche Entscheidung!", Felizitas sah lächelnd in die Runde, dann direkt zu Simone: „Und du bist dir wirklich ganz sicher?" – Simone musste nicht überlegen: „Das Kleid oder keines!" – Und so diente die Anprobe eines weiteren Kleides nur noch dem reinen Vergnügen. Simone entschied sich für ein verspieltes Kleid mit ausladendem Rock und vielen Rüschen. Darin sah sie einem gestopften Schweinchen erschreckend ähnlich. Verunsichert sah sie Felizitas an. Felizitas interpretierte den panischen Blick ihrer Kundin sofort richtig und griff nochmal zum ersten Kleid. Fragend hielt sie das Kleid vorsichtig vor sich in die Höhe. Simone nickte wortlos und schlüpfte ein letztes Mal an diesem Tag in ihr Brautkleid. Zufrieden betrachtete sie die strahlende Braut, die sie im Spiegel sah. Dann kramte sie in ihrer Tasche und drückte Petra ihr Handy in die Hand: „Bitte mach ein Foto!" – „Bist du sicher? Nicht, dass Jochen es doch schon sieht: Dich und dein Brautkleid." – Simone machte eine abwehrende Handbewegung: „Ich passe schon auf!"

Dann lud sie ihre Beraterinnen zum Essen ein. Alle drei freuten sich, dass sie so erfolgreich unterwegs gewesen waren: „Hätte nicht gedacht, dass es so schnell geht! Ehrlich gesagt hatte ich einen weiteren Tag eingeplant!", stellte Claudia fast ein wenig enttäuscht fest. Simone stimmte ihr zu: „Ich war mir auch nicht sicher, ob ich auf Anhieb etwas finde. Die Auswahl in den ganzen Magazinen ist einfach überwältigend." – Sie plauderten noch eine Weile über den Stand der Vorbereitungen. Dann wechselte Claudia das Thema: „Du denkst hoffentlich an unser Ehemaligentreffen am kommenden Samstag." – Simone musste kurz überlegen: „Stimmt! Im Kalender habe ich es eingetragen, aber gut, dass du mich nochmal erinnerst. Weißt du schon, wer alles kommt?" – Claudia war als Organisatorin des Treffens bestens im Bilde. In ihrem Jahrgang waren sie knapp dreißig Studenten mit betriebswirtschaftlichem Schwerpunkt gewesen. Davon hatte es zwei beruflich ins Ausland verschlagen und fünf weitere waren über Deutschland verteilt. Der überwiegende Teil war jedoch im Großraum Stuttgart geblieben und deshalb war es auch nicht überraschend, dass die meisten ihre Teilnahme zugesagt hatten. Simone freute sich sehr, sie war gespannt, wie es den anderen mittlerweile ergangen war. Sicher waren viele bereits verheiratet und hatten Kinder. Und sie machte jetzt auch einen entscheidenden Schritt in diese Richtung.

Simone schloss die Wohnungstür auf. Für einen Freitag war es im Büro spät geworden. Jochen war bereits zu Hause und hantierte in der Küche. Simone lehnte im Rahmen der Küchentür und beobachtete lächelnd, wie Jochen diverse Tüten ausräumte. Er schaute auf und ein breites Grinsen erschien auf seinem Gesicht: „Auch schon da?" – Mit einer Mischung aus Entschuldigung und

Resignation zuckte Simone mit den Schultern: „Du weißt doch selbst wie das ist. Ich war schon am Zusammenpacken, als die Chefin verkündet hat, sie bräuchte das überarbeitete Konzept doch bereits heute, weil sie es am Montag präsentieren muss." – Jochen zog sie zärtlich in seine Arme und neckte sie: „Ob deine Chefin das erst seit heute Nachmittag wusste?" – Simone knuffte ihn: „Das will ich gar nicht so genau wissen, sonst ärgere ich mich nur. Aber dafür warst du schon fleißig!" – Neugierig steckte sie ihre Nase in eine der Tüten: „Was gibst es denn heute zum Abendessen?" – Jochen umschlang ihre Taille mit beiden Armen von hinten und knabberte an ihrem Ohrläppchen: „Das wird erst nach der Vorspeise verraten!"

Als sie eine gute Stunde später wieder zusammen in der Küche standen, hatte Simone den Bürostress abgestreift und war völlig entspannt. Sie stand am Spülbecken und kümmerte sich um den Salat. Jochen war gerade dabei, zwei saftige Rinderhüftsteaks in die Pfanne zu legen, als er beiläufig fragte: „Denkst du daran, dass ich mich nachher mit den Jungs im City treffe?" – Ein heiße Woge der Enttäuschung überrollte Simone. Sie hatte erfolgreich verdrängt, dass Jochen heute Abend etwas vorhatte und sie allein zu Hause sein würde. Sie biss sich auf die Unterlippe. – „Alles OK?", hakte Jochen nach. – „Ich hatte mich auf einen gemütlichen Abend mit dir eingestellt und mich auf den Nachtisch gefreut.", versuchte Simone ihren Frust so geschickt wie möglich zu verpacken. Jochen schenkte ihr erneut ein breites Grinsen: „Vorfreude ist bekanntlich die schönste Freude und natürlich holen wir den Nachtisch nach!" – Nur nicht mehr heute, dachte

Simone bitter. Aber sie wusste, dass es sinnlos war, Jochen ihre Enttäuschung weiter spüren zu lassen. Sie würde einfach das Beste aus diesem Abend machen.

Als Jochen sich verabschiedete, hatte sie einen Plan: Sie würde das Fotoalbum hervorkramen, in dem sie die schönsten Fotos aus ihrem Studium zusammengestellt hatte und es sich damit auf dem Bett gemütlich machen. Es war die perfekte Einstimmung auf das morgige Ehemaligentreffen. Mit dem Fotoalbum unterm Arm und einer großen Tasse Tee in der Hand, setzte sie ihr Vorhaben in die Tat um. Simone dachte gerne an ihre Studienzeit zurück. Sie waren eine lustige Truppe gewesen und hatten viel gemeinsam unternommen. Es war wirklich schade, dass sie sich im Anschluss so schnell aus den Augen verloren hatten. Vielleicht ließ sich da morgen wieder anknüpfen. Gedankenverloren blätterte Simone in dem Album. Sie betrachtete ein Gruppenfoto näher, schaute in die vertrauten Gesichter und lächelte versonnen. Plötzlich stutzte sie. Neugierig folgte sie dem Blick von Lukas auf dem Foto. Wieso war ihr das noch nie aufgefallen? Sie blätterte zwei Seiten zurück. Auf diesem Foto schnitt sie mit Matthias gemeinsam Grimassen in die Kamera, im Hintergrund stand Lukas und beobachtete sie. Sie blätterte zurück: Das Gruppenfoto wäre perfekt, alle schauten direkt zum Fotografen, nur Lukas sah zu ihr herüber. Mit einem Mal fragte sie sich, ob das mehr zu bedeuten hatte? Angestrengt überlegte sie. Lukas war einer der Ruhigeren in ihrem Jahrgang gewesen, besonnen und zielstrebig. Sie waren oft zusammen in einer Arbeitsgruppe gewesen, denn mit Lukas an etwas zu arbeiten, machte Spaß und war ein Garant für ein gutes

Ergebnis. Auch auf Prüfungen hatten sie sich immer gemeinsam vorbereitet. Simone mochte die Ruhe und Zuversicht, die Lukas ausstrahlte. Außerdem gehörte er zu den Menschen, die auch dann an sie glaubten, wenn sie selbst der Mut längst verlassen hatte. In manch einer brenzligen Situation war er es gewesen, der ihr den Rücken gestärkt hatte. Simone stellte überrascht fest, dass dies alles Dinge waren, die sie auch an Jochen schätzte. Sie schaute nochmal genauer hin und war verblüfft. Auch äußerlich sahen sich die Beiden verdammt ähnlich. Beide waren groß und sportlich, hatten dieses blonde krause Haar. War das wirklich bloßer Zufall? Simone versuchte, die Achterbahn ihrer Gedanken in den Griff zu bekommen. Aber unwillkürlich drängte sich ihr eine Frage auf: Hatte sie unbewusst nach einem Pendant von Lukas gesucht und gemeint dieses in Jochen gefunden zu haben? Sie versuchte die Idee abzuschütteln. Das war einfach absurd. Aber was hatte eigentlich Lukas damals für sie empfunden? War er womöglich in sie verschossen gewesen und sie hatte es nicht gemerkt oder nicht merken wollen?

Sie schaute auf die Uhr. Es war fast zweiundzwanzig Uhr. Kurz entschlossen griff sie zum Telefon: „Claudi, zum Glück bist du da!" – „Simone, was ist denn passiert, kommst du morgen etwa doch nicht?" – Simone verneinte und erläuterte in einem Sturzbach von Worten, was sie beschäftigte. Claudia stöhnte auf: „Ach, Simone, worüber du dir wieder einen Kopf machst. Natürlich war Lukas damals bis über beide Ohren in dich verliebt. Aber du hast ja außer Philipp niemand anderen wahrgenommen." – Simone stutzte. Stimmt, sie hatte ihr Herz an Philipp verloren. Er war das absolute Gegenteil von Lukas: Immer im Rampenlicht, immer dort wo das Leben tobte. Simone war fasziniert von seiner Lebendigkeit und seiner Leichtlebigkeit, die ihr selber abging. Sie konnte ihr Glück erst gar nicht fassen, als er ihre Gefühle zu erwidern schien und sie ein Paar wurden. Nach einem Jahr holte die Realität sie unsanft ein, als er auf einer Party ganz ungeniert vor ihren Augen mit einer Unbekannten knutschte. Turbulente Zeiten und äußerst schmerzhaft. Simone dachte nur ungern daran zurück. – „Bist du noch dran?", fragte Claudia in die Stille hinein. – „Ja. Ich denke nur über verpasste Chancen nach.", erwiderte Simone nachdenklich. – „Sag mal, spinnst du jetzt komplett?", Claudia war fassungslos: „Du hast dir gerade dein Hochzeitskleid ausgesucht! Und dein wunderbarer zukünftiger Ehemann heißt Jochen und nicht Lukas!" – Die kalte Dusche ihrer Freundin katapultierte Simone in die Gegenwart zurück. Trotzdem, ein Gedanke ließ sie einfach nicht los. Deshalb versuchte Simone zu erklären: „Darum geht es doch gar nicht. Ich frage mich nur, wenn ich mich nicht in Philipp verliebt hätte und stattdessen Lukas und ich ein Paar geworden wären, wäre ich dann heute hier?" – Claudia seufzte. Sie war lange genug mit Simone befreundet, um zu wissen, dass sie häufiger solch hypothetische Gedankenspiele machte, die lauteten: Was wäre gewesen wenn? Aber heute beunruhigte sie die Intensität mit denen Simone Antworten auf Fragen suchte, auf die es einfach keine Antworten gab. Mit einem Mal hatte sie das Gefühl, dass sich ihre Freundin auf gefährliches Terrain begab. Daher wehrte sie ihrer Freundin mit deutlichen Worten: „Simone, das ist völlig egal! Du weißt selbst am besten, dass du das nie herausfinden wirst. Kümmere du dich lieber um deine Hochzeitsvorbereitungen, oder", in Claudia keimte ein Verdacht auf: „bekommst du etwa kalte Füße?" – Simone lachte hell auf: „Nein, natürlich nicht! Was du immer gleich denkst. Es wäre einfach nur spannend, wenn man die Zeit zurück drehen und Dinge anders machen könnte, weißt du, wie in einem physikalischen Versuch. Am Ende entscheidet man sich dann für die Variante, die einem am besten gefällt."

Jochen freute sich auf den Abend mit den Jungs. Gemütliche Abende zu Hause gab es für seinen Geschmack mehr als genug, seitdem Simone und er zusammen gezogen waren. Außerdem wollten sie heute Abend ihr Skiwochenende vorbereiten. Nicht, dass es da großer Absprachen bedurfte. Wenn nur die Jungs aus der Clique zusammen unterwegs waren, waren sie ein gut eingespieltes Team und so würde auch heute dieser Teil schnell erledigt sein.

Als Jochen die Tür zum City öffnete, waren die anderen bereits da und sahen ihn erwartungsvoll an. Er wusste sofort, was sie von ihm hören wollten. Schließlich war es das erste Mal, dass sie alle zusammen waren, seitdem er sich verlobt hatte: „Schon klar, die erste Runde geht natürlich auf mich!" – Robert grinste ihn an: „So billig kommst du nicht davon. Erst die Messlatte für uns derart hoch legen und dann meinen, nur eine Runde schmeißen zu müssen. Seit Carola von deinem Antrag erfahren hat, liegt sie mir ständig in den Ohren. Hättest du es nicht ein bisschen weniger krachen lassen können?" – „Das habe ich ihm auch schon gesagt!", stimmte Tobias mit ein. Felix lehnte sich als einziger Single in der Runde entspannt zurück: „Ich weiß gar nicht was ihr habt, aber ich bin trotzdem dafür, dass der gesamte Abend auf Jochen geht!" – Jochen ließ sich nicht zweimal bitten. Nachdem das geklärt war, zog Tobias Zettel und Stift aus der Tasche. Er war der anerkannte Organisator ihrer Gruppe und hatte diese Rolle perfektioniert: „Ich habe schon mal aufgeschrieben, was wir alles besorgen müssen." – Die Hütte, die sie für ihre Ausfahrt gewählt hatten, war eine Selbstversorgerhütte. Das hatte den einen Nachteil, dass sie die Lebensmittel komplett selber den Berg hinauf tragen mussten. Aber einmal oben angekommen, hatten sie absolute Narrenfreiheit. Sie waren sich sofort einig gewesen, dass das den Aufwand wert war. Jochen hatte Tobias Aufstellung überflogen und überlegte, ob ihm noch etwas einfiel, das bei ihrem Männerwochenende auf keinen Fall fehlen durfte. Als er aufsah, traute er seinen Augen nicht. Eine junge Frau mit langer, dunkler Wuschelmähne näherte sich zielstrebig ihrem Tisch. Tobias folgte dem Blick seines Freundes und fühlte sich zu einer raschen Erklärung genötigt: „Das habe ich dir noch gar nicht erzählt: Anja ist wieder solo und hierher zurück gezogen!" – Auch diese Erläuterung änderte nichts daran, dass Jochen seinen Blick nicht von der Frau reißen konnte. Strahlend trat sie an den Tisch heran: „Hallo zusammen! Gönnt ihr euch einen frauenfreien Abend? Na, dann habt ihr doch bestimmt nichts dagegen, wenn ich euch einen Strich durch die Rechnung mache?" – Ohne eine Antwort abzuwarten, zog sie sich einen Stuhl heran und ließ sich genau Jochen gegenüber nieder. Sie fixierte ihn mit einem tiefen Blick: „Von dir hört man ja Sachen!", herausfordernd grinste sie ihren Ex an. Jochen versuchte zu schlucken und fühlte sich wie das berühmte Kaninchen vor der Schlange. Er war wie paralysiert und eine schlagfertige Antwort fiel ihm schon gar nicht ein. Mit einem kurzen Blick in Jochens Richtung sprang Tobias für ihn ein: „Einer von uns muss schließlich mal den Anfang machen und ich finde es super, dass Jochen und Simone das übernehmen." – Jochen warf Tobias einen dankbaren Blick zu. Aber der war noch nicht fertig: „Das ist wirklich nett, dass du uns Gesellschaft leisten willst, aber wir sind gerade dabei, ein paar Dinge zu besprechen." – So leicht ließ sich Anja nicht abschütteln: „Stimmt, wollt ihr nicht Skifahren gehen?" – Jetzt schaltete sich Leon ein: „Ja, endlich mal wieder ein richtiges Männerwochenende in Steibis." – Harmlos fragte Anja in die Runde: „Und, wann geht es los?" – Allmählich ging sie Tobias auf die Nerven: „Übernächstes Wochenende." – Anja grinste verschmitzt: „Das passt, da habe ich noch nichts vor. Da kann ich mich euch doch bestimmt anschließen, auch wenn es ein „Männerwochenende" sein soll, da wart ihr sonst auch nicht zimperlich!" – Die Jungs fühlten sich überrumpelt. Anja hatte zwar Recht, sie war tatsächlich in der Vergangenheit immer mal wieder als einzige Frau dabei gewesen. Aber dieses Mal tauchte sie aus einem jahrelangen Nichts auf der Bildfläche auf und schien ihren alten Platz wieder zu beanspruchen. Nur, dass die Zeit hier bei ihnen nicht stehen geblieben war. Alle Augen richteten sich auf Jochen: „Was schaut ihr mich so an?" – Jochen fühlte sich von seinen Freunden unter Druck gesetzt und wurde ärgerlich. Er wusste instinktiv, dass es keine gute Idee war, Anja mitzunehmen und die anderen sollten das eigentlich auch wissen. In diesem Moment erhob sich Anja anmutig von ihrem Stuhl: „Bin gleich zurück. So lange könnt ihr das ja ausdiskutieren." – Im ersten Moment herrschte betretenes Schweigen am Tisch, dann meldete sich Felix zu Wort: „Also wegen mir kann sie ruhig mitkommen." – Das wunderte Jochen nicht. Felix hatte damals schon ein Auge auf Anja geworfen und war ziemlich frustriert gewesen, als dann Jochen und Anja ein Paar geworden waren. Auch nach ihrer Trennung hatte Felix nicht bei Anja landen können. Vermutlich sah er jetzt seine Chance gekomen. Die Begeisterung der anderen hielt sich jedoch in Grenzen: „Ihr wisst genau, wie unsere Mädels darauf reagieren, wenn sie mitbekommen, dass Anja mit von der Partie ist.", entgegnete Fabian. Jochen wollte sich Simones Reaktion lieber nicht ausmalen. Bisher war Anja für sie ein abgeschlossenes Kapitel in seiner Vergangenheit gewesen. Die beiden waren sich bislang nicht begegnet, da Anja ihrer vermeintlich großen Liebe wegen weg gezogen war. Aber jetzt war sie wieder da und die anderen Mädchen aus der Clique würden Simone nur allzu gerne mit Details versorgen, die nicht gerade dazu führen würden, dass Simone Anja mit Sympathie begegnen würde. Es wurde höchste Zeit, sich klar zu positionieren: „Wir wollten ein frauenfreies Wochenende und dabei sollte es auch bleiben." – Für Robert war das die Steilvorlage, auf die er gewartet hatte: „Hast du etwa Sorge, Anja könnte bei deinen Heiratspläne dazwischen funken?", frotzelte er. Jochen wurde sauer und merkte, dass die Jungs gespannt auf seine Reaktion lauerten: „Ganz bestimmt nicht. Aber mir geht es wie Fabian, ich habe einfach keine Lust auf Stress zu Hause, wegen eines Wochenendes, bei dem wir Jungs einfach nur Spaß haben wollen." – Da schaltete sich Leon ein, der den Schlagabtausch gespannt beobachtet hatte und nun seinen Moment für gekommen hielt: „Seit wann lassen wir uns von unseren Frauen vorschreiben, wie wir unseren Männerausflug gestalten. Jetzt gebt euch mal einen Ruck und stellt euch nicht so an. Das wird bestimmt mega lustig." – In diesem Moment trat Anja wieder an den Tisch heran, mit der Bedienung im Schlepptau: „Jetzt bin ich mal gespannt, ob ich eure Vorlieben noch richtig auf die Reihe bekommen habe." – Damit trat sie einen Schritt zur Seite und gab den Blick auf ein volles Tablett frei: „Bei dir Tobias war es der Mai Tai, richtig?" – Mit diesen Worten nahm sie ein Glas vom Tablett und reichte es über den Tisch. So ging es reihum, bis nur noch zwei Gläser übrig waren. Anjas Strawberry Daiquiry und der Cocktail für Jochen: „Immer noch der Planter's Punch?", wandte sie sich an Jochen. Innerlich kochte Jochen. Anja hatte schon immer ganz genau gewusst, wie sie es anstellen musste, um ihren Willen durchzusetzen. Entschieden schüttelte er den Kopf und zeigte auf das halbvolle Weizenbierglas vor ihm: „Danke, ich habe schon!" – Anja zuckte leicht mit den Schultern: „Schade, früher hat dich das nicht abgehalten." – Dann ließ sie sich wieder auf ihren Stuhl gleiten: „Und?", erwartungsvoll schaute sie in die Runde: „Wann geht es am Samstag los?"

Jochens Laune besserte sich an diesem Abend nicht mehr. Seinen Freunden schien es nichts auszumachen, dass Anja sich in die Gruppe drängte und die Unterhaltung bestritt. So hatte er sich das nicht vorgestellt. Er entschied, dass er sich das nicht länger geben musste und verabschiedete sich ungewohnt früh.

Als er zu Hause ankam, schlief Simone bereits. Jochen fand, dass sie niedlich aussah, bis oben hin in ihre Decke eingekuschelt. Vorsichtig kroch er zu ihr unter die Decke. Aber schlaftrunken wehrte sie seine zärtlichen Annäherungsversuche ab: „Heute nicht mehr, morgen." – Enttäuscht robbte Jochen auf seine Seite des Bettes. Unruhig wälzte er sich eine lange Weile hin und her und schlief schließlich mit dem Gesicht von Anja vor Augen ein.

Mit einem Herzklopfen, das ihr Übelkeit verursachte, betrat Simone den Raum. Zu Hause war die Stimmung frostig gewesen. Am Ende war sie erleichtert, einen Grund zu haben, um weg zu kommen. Dies war eine neue Erfahrung und eine auf die sie gerne verzichtet hätte.

Jochen war am Morgen mit Kopfschmerzen aufgewacht. Liebevoll hatte Simone ihn auf den Arm genommen und über ein letztes schlechtes Bier gewitzelt. Aber Jochen hatte sich mürrisch von ihr weg gedreht. Simone war völlig von der Rolle. So kannte sie Jochen nicht. Schließlich beschloss sie, aufzustehen und ihm eine starke Tasse Kaffee zu kochen. Das half, wenn sonst alles andere bei ihm nicht wirkte. Als sie ihm den dampfenden Bescher reichen wollte, ließ er sie deutlich spüren, dass er am liebsten seine Ruhe gehabt hätte. Nur äußerst widerwillig rutschte er ein Stück zur Seite, so dass sie sich zu ihm auf die Bettkante setzen konnte und nahm ihr den Kaffeebecher zögernd und wortlos aus den Händen. Simone schluckte mühsam einen bissigen Kommentar herunter und sah ihn fragend an. Aber Jochen belohnte ihre Bemühungen mit eisernem Schweigen. Schließlich hielt Simone es nicht mehr aus: „War es denn so spät?", fragte sie in ihrer Hilflosigkeit. – „Im Gegenteil.", bekam sie einsilbig zur Antwort. – „Was dann?", nun forderte Simone eine Antwort. Sie konnte Jochen förmlich ansehen, dass er abwog, was er sagen sollte. Das war kein gutes Zeichen. Simone spürte, wie sich ihr Magen allmählich verknotete. Jochen spielte mit seiner Tasse. Schließlich platzte er heraus: „Anja ist gestern plötzlich aufgetaucht." – Simone musste einen Augenblick überlegen, dann dämmerte es ihr: „Die Anja?" – Jochen nickte nur. Trotzdem verstand Simone nicht: „Ist sie zu Besuch bei ihren Eltern?" – Jochen schüttelte den Kopf: „Nein, sie ist zurück!" – Zu dem Knoten in Simones Magen gesellte sich jetzt auch noch ein Kloß im Hals. Eine innere Stimme ermahnte sie, ruhig zu bleiben. Jochens Ex war zurück, was hatte das mit ihnen beiden zu tun? Jochens Verhalten war jedoch alles andere als beruhigend. Simone wollte es verstehen: „Was meinst du damit: Sie ist zurück?" – Jochen reagierte genervt: „Na, zurück eben! Sie wohnt ab jetzt wieder hier!" – Simone begriff einfach nicht: „Ist sie mit ihrem Freund hierher gezogen?" – „Nein, natürlich nicht! Sie ist wieder solo!" – Allmählich dämmerte Simone, was Jochen da sagte und trotzdem verstand sie nicht: „Und was hat das mit uns zu tun?" – Überrascht sah Jochen sie an: „Na, nichts! Aber sie will unbedingt bei unserem Männerwochenende mit dabei sein und da habe ich anscheinend als Einziger keine Lust drauf." – Simone holte tief Luft. Allerdings wusste sie nicht, ob sie nach dieser Aussage erleichtert oder noch besorgter sein sollte. Die Jungs bestanden zweimal im Jahr auf ihren Männerausflug und waren sich bisher immer einig gewesen, dass Mädels nichts dabei zu suchen hatten. Woher der plötzliche Sinneswandel? Und musste es ausgerechnet Jochens Ex sein, die sich den Jungs anschloss? Simones Irritation wuchs zunehmend, während Jochen in dürren Worten von Anjas Auftritt am Vorabend berichtete. Schließlich schloss er mit dem wenig überzeugenden Kommentar: „Vielleicht klappt es an dem Wochenende endlich mal mit Felix und Anja." – Dann hatte Jochen die Bettdecke zurück geschlagen, sich an ihr vorbei gedrückt und war wortlos duschen gegangen. Heute schien bei ihm alles länger zu dauern als sonst. Simone kam es wie eine Ewigkeit vor, bis er endlich zum Frühstück erschien. Am Ende wurde es eine wortkarge Mahlzeit. Mit jeder Minute sank auch Simones Laune. Sie hatten kurz besprochen, was zu erledigen war und dann hatte jeder den Tag damit verbracht, vor sich hin zu puzzeln. Mehrmals läutete Jochens Handy. Offensichtlich hatten die anderen nach dem gestrigen Abend noch einiges an Gesprächsbedarf. Simone bekam nur mit, dass Jochen einmal ins Telefon maulte: „Das habe ich gestern gleich gesagt, dass das Ärger mit unseren Mädels gibt." – Trotzdem machte es aus der Ferne nicht den Eindruck, als würde das etwas an der Tatsache ändern, dass Anja mit von der Partie sein würde. Obwohl Simone merkte, dass Jochen das Ganze beschäftigte, wusste sie nicht, ob und wie sie das Thema nochmal ansprechen sollte. Deshalb war sie froh, als sie endlich zum Ehemaligentreffen aufbrechen konnte und hoffte, dass der Verlauf des Abends ihre Stimmung heben würde.

Simone sah sich um. Der Raum war bereits gut gefüllt, aber Lukas konnte sie nirgends entdecken. Plötzlich hielt ihr jemand von hinten die Augen zu: „Hallo mein Hase, auch schon da?" – Simone blieb fast das Herz stehen. Ungewollt jagte die Stimme ihr einen wohligen Schauer über den

Rücken. Entschlossen nahm sie die Hände von ihren Augen und drehte sich um: „Du kannst es einfach nicht lassen!" – Philipp schenkte ihr sein unwiderstehlichstes Lächeln und musterte sie schamlos von unten nach oben. Dann strich er ihr eine widerspenstige Strähne aus dem Gesicht und suchte ihren Blick: „Gut, nein, sehr gut siehst du aus!" – Simone musste lachen: „Und du, du bist ganz der Alte. Nicht einmal deine Masche hast du geändert!" – Claudia gesellte sich zu ihnen: „Hallo, ihr beiden! Philipp, schön, dass du da bist, aber komm mir ja nicht auf dumme Gedanken: Lass deine Finger von Simone!" – Philipp sah sie überrascht an. Aber Claudia fuhr entschieden fort: „Es hat lange genug gedauert, bis Simone sich von dir erholt hatte und im übrigen," und damit legte sie Simone einen Arm um die Taille und strahlte ihn an: „steht hier eine waschechte Braut vor dir." – Philipp war seine Verblüffung anzusehen und die beiden jungen Frauen brachen spontan in Lachen aus. Claudia rang mit ihrer Fassung: „Was hast du denn gedacht? Auch anderen Männern fällt auf, was für eine tolle Frau Simone ist. Einen guten Geschmack was Frauen anbelangt, hattest du schließlich schon immer." – Philipp hatte die Sprache wieder gefunden und schmollte: „Wieso erfahre ich das auf diesem Weg?", wandte er sich an Simone. Simone sah ihn mit gespieltem Bedauern an: „Es tut mir wirklich leid, dass ich dir das nicht schon in unserem letzten Gespräch vor Jahren gesagt habe." – Einen kurzen Augenblick herrschte Schweigen, dann brachen alle drei in schallendes Gelächter aus. – „Ich möchte auch mit euch lachen!", Simone drehte sich zu der Stimme hin um und tauchte in tiefblaue Augen ein. Lukas hielt den Blickkontakt und für einen kurzen Augenblick war alles um sie herum ausgeblendet. Claudia ergriff die Initiative: „Stell dir vor, Philipp hatte allen Ernstes erwartet, dass Simone in Sack und Asche geht, bis er es sich vielleicht nochmal anders überlegt." – Lukas warf Philipp einen vernichtenden Blick zu, bevor er sich lächelnd Simone zuwandte: „Das wäre die reinste Verschwendung!" – Claudia stimmte ihm zu: „Genau! Ich konnte Simone gerade noch ausreden, ins Kloster zu gehen und finde die Mühe hat sich gelohnt. Im Mai wird Simone mit ihrem Traumprinzen in die untergehende Sonne reiten!" – Simone knuffte ihre Freundin in die Seite und erwiderte lachend: „Du übertreibst maßlos, aber die Vorstellung gefällt mir. Vielleicht sollte ich Jochen überreden, mit Reiten anzufangen." – Lukas Lächeln gefror. Philipp schien den Stimmungswandel nicht wahrzunehmen und klopfte Lukas auf die Schulter: „Da kennen wir nichts, das nehmen wir beiden sportlich, stimmt's? Andere Mütter haben schließlich auch attraktive Töchter." – Mit wenig Überzeugung erwiderte Lukas: „Wenn du meinst." – „Jetzt stoßen wir aber erst einmal auf unser Wiedersehen an!", entschied Claudia und hakte sich bei Lukas ein. Philipp bot Simone seinen Arm: „Das lassen wir uns nicht zweimal sagen." – Nachdem alle mit Getränken versorgt waren, stellten sie sich an einen der Stehtische. Philipp war voll in seinem Element. Er hatte bereits während des Studiums als Vertiefungsfach Vertrieb gewählt und es war leicht, sich vorzustellen, dass er beruflich äußerst erfolgreich war. Lebhaft unterhielt er die Runde mit kurzweiligen Anekdoten. Simone stellte amüsiert fest, dass sowohl Lukas als auch Claudia gebannt an seinen Lippen hingen. Philipp war schon immer ein Menschenfänger gewesen –

beruflich wie privat. Schließlich klinkte sie sich ein und hakte neugierig nach: „Und, hast du mittlerweile den Überblick über dein Liebesleben zurück gewonnen?" – Ein kurzer Schatten flog über Philipps markante Gesicht: „Seit du mich abserviert hast, bin ich natürlich solo!", er machte ein betrübtes Gesicht, musste aber selber lachen: „Nein, im Ernst, dadurch, dass ich beruflich so viel unterwegs bin, ist es mit einer festen Beziehung schwierig. Das Einzige, das ich mir gönne, habe ich dir zu verdanken." – Simone war gespannt, was nun kommen würde, als Philipp schmunzelnd fort fuhr: „Nachdem du mich dauernd in die Oper und ins Ballett geschleppt hast, habe ich tatsächlich Blut geleckt und gönne mir ein Abo für das Große Haus." – Simone war beeindruckt. Davon träumte sie schon lange, ein Abonnement für das Württembergische Staatstheater in Stuttgart – kurz das Große Haus genannt. Aber Philipp war noch nicht fertig: „Der einzige Wermutstropfen ist, dass ich nicht immer zu den Vorstellungen im Lande bin. Dann ist es lästig, Abnehmer für die Karte zu suchen. Obwohl meistens meine Kollegin die zweite Karte nimmt." – Simone zog fragend ihre rechte Augenbraue hoch: „Kollegin?" – Philipp grinste, wusste er doch worauf Simone hinaus wollte: „Ja, meine Kollegin. Sie hatte ebenfalls Lust auf das Abo, aber auch keinen Freiwilligen, weil ihr Mann lieber ins Fußballstadion geht. Übrigens, ausgerechnet übernächsten Donnerstag wenn Onegin gegeben wird, können wir beide nicht." – Fragend schaute er in die Runde: „Na, wie wär's?" – Claudia hob abwehrend die Hände: „Nein danke, ich muss immer schon Simone enttäuschen, wenn sie ein Opfer sucht." – Simone überlegte einen kurzen Moment, dann gab sie sich einen

Ruck, obwohl sie eigentlich keine Lust hatte, Karten von Philipp anzunehmen. Aber dieses Angebot war einfach zu verlockend: „Da kann ich nicht widerstehen. Ich habe in der letzten Spielzeit vergeblich versucht, für diese Aufführung Karten zu bekommen." – Philipp strahlte Simone an. Ganz offensichtlich hatte er gehofft, dass sie sein Angebot annehmen würde. – „Nimmst du mich mit?", verblüfft sahen alle Lukas an, der fast ein wenig entschuldigend erklärte: „In eine Oper hätten mich keine zehn Pferde gebracht, aber ein tolles Ballett jederzeit gerne." – Jetzt schauten alle fragend zu Philipp: „Wegen mir sehr gerne! Ihr seid natürlich eingeladen.", und an Simone gewandt: „Eine Art Wiedergutmachung, einverstanden?" – Spontan drückte sie seine Hand. Dann sah sie Lukas ein wenig unsicher an: „Niemand, der enttäuscht ist, dass du mit mir dorthin gehst?" – Sie spürte die Wärme, die Lukas neben ihr ausstrahlte und mochte die Art, wie er sie ansah: „Niemand!" – Lukas erzählte, dass es ihm ähnlich wie Philipp ging. Als Berater von mittelständischen Unternehmen, die große Investitionen planten, kam er viel herum. Den Preis, den er für seinen spannenden Job zahlte, hatte er jedoch von jeher als hoch empfunden. Deshalb hatte er schon länger nach etwas anderem Ausschau gehalten und endlich hatte sich etwas aufgetan, von dem er sich eine positive Veränderung erwartete. Er hatte ein Stellenangebot in der Firmenzentrale in Stuttgart erhalten, das mit weitaus weniger Reisetätigkeit verbunden sein würde. Mit einem sanften Lächeln schloss er, dass er hoffe, dass sich das positiv auf sein Privatleben auswirken würde. Simone war froh, dass ihr niemand diesen Ballettabend mit Lukas missgönnte und freute sich darauf, dort mit ihm in gemeinsamen Erinnerungen zu schwelgen. Bestimmt würde sich an dem Abend die Gelegenheit ergeben, Lukas zu fragen, ob er damals tatsächlich in sie verliebt gewesen war. Auch wenn Claudia sich da ganz sicher zu sein schien, wollte Simone das lieber von ihm selber hören. Aber jetzt beschloss sie den angefangenen Abend zu nutzen, um mit den anderen bekannten Gesichtern ins Gespräch zu kommen.

Simone kam erfüllt von den vielen interessanten Begegnungen am frühen Morgen nach Hause. Jochen lag halb aufgedeckt, mit zerzausten Haaren, leise schnarchend im Bett. Simone kuschelte sich an ihn ran und deckte ihn mit ihrer Decke mit zu. Als sie sanft den Arm um ihn legte, nahm er schlaftrunken ihre Hand und zog sie ganz nah an sich heran. Mit einem wohligen Gefühl schlief Simone rasch ein.

Simone wachte davon auf, dass Jochen sie sanft streichelte und an ihrem Ohrläppchen knapperte: „Wie wäre es mit dem Nachtisch?", wollte er wissen. Sie musste nicht lange überlegen und genoss Jochens zärtliche Berührungen. Danach war Jochen aus dem Bett geschlüpft und hatte beim Bäcker frische Brötchen geholt, Kaffee gekocht und alles zusammen mit frisch gepressten Orangensaft auf einem Tablett ans Bett gebracht. Der Unterschied zum gestrigen Frühstück hätte nicht größer sein können. Interessiert erkundigte sich Jochen nach dem gestrigen Abend: „Stell dir vor, Philipp tritt Lukas und mir seine Ballettkarten ab.", schwärmte Simone. Jochen horchte auf. Wer Philipp war, wusste er, aber einen Lukas hatte Simone bisher nicht erwähnt. Simone setzte ihn leichthin ins Bild und fügte hinzu: „Dass er Ballettfan ist, weiß ich allerdings auch erst seit gestern. Ich freue mich wahnsinnig auf diese Aufführung. Letztes Jahr hatte ich keine Chance Eintrittskarten für dieses Ballett zu ergattern und jetzt bekomme ich sie auf dem Silbertablett serviert." – Jochen amüsierte Simones überschwängliche Freude und grinsend stellte er fest: „Und jemand der freiwillig mitgeht auch gleich noch dazu!" – Simone knuffte ihn zärtlich in die Seite: „Sei froh, sonst hättest du womöglich herhalten müssen!" – Jochen ließ sich theatralisch in die Kissen sinken und gab den sterbenden Schwan: „Nur über meine Leiche!" – Simone lachte und war überglücklich, dass die schlechte Stimmung von gestern wie weggeblasen schien. Jochen lehnte sich über den Bettrand und zog einen Prospekt hervor: „Allmählich sollten wir uns überlegen, was wir für Ringe haben wollen!". Sie hatten in Ägypten Jochens Idee verfolgt und zahlreiche Goldschmiede abgeklappert, aber keine Ringe gefunden, die ihnen beiden gefallen hatten. Immerhin hatten sie dadurch eine recht genaue Vorstellung davon bekommen, wie ihre Ringe aussehen sollten. Jochen reichte Simone ein Hochglanzfaltblatt eines Goldschmieds in Esslingen. Simone blätterte diesen auf und staunte: „Das sind aber tolle Ringe." – Auf genau diese Reaktion hatte Jochen gehofft, denn er teilte Simones Begeisterung. Tief über den Prospekt gebeugt, zeigten sie sich gegenseitig, welche Ringe ihnen besonders gut gefielen. Die Auswahl war phänomenal und obwohl beide eher zu einem schlichten Ring tendierten, kamen sie bei diesen wunderschönen Kreationen ins Grübeln: „Es soll schließlich ein Ring für immer sein, deshalb darf er ruhig etwas besonderes sein!", bestärkte Jochen Simones Überlegungen, vielleicht doch nicht das einfachste Modell zu wählen. Simone dachte einen Moment nach: „Das schon, aber immerhin tragen wir den Ring jeden Tag, deshalb sollte er trotz allem nicht zu pompös sein. Ich kann mir bei dir auch keinen allzu auffälligen Ring vorstellen." – Jochen musste lachen. Da hatte Simone sicher recht. Als eher sportlicher Typ war ein dicker Klunker an der Hand, sicher nicht sein Stil: „Das heißt aber nicht, dass du auf etwas Prunk verzichten musst. Wir könnten für dich einen passenden Vorsteckring aussuchen." – Entschieden schüttelte Simone den Kopf: „Ich hätte gerne, dass wir dieselben Ringe tragen!" – Zärtlich strich sie Jochen über die Hand und genoss die wieder hergestellte Harmonie. Sie hoffte inständig, dass diese nicht nur den Rest des Wochenendes halten würde.

Ihr Handy läutete ziemlich penetrant. Dabei versuchte sie sich, auf den Feinschliff ihres Konzepts zu konzentrieren. Ihre Chefin hatte ihr die Ausarbeitung vom Freitag mit reichlich Anmerkungen auf den Tisch gelegt. Nach einer ausführlichen Rücksprache, meinte Simone verstanden zu haben, worauf ihre Chefin besonderen Wert legte und wollte die neu gewonnen Erkenntnisse schnellstmöglich einarbeiten. Der Anruf passte gerade gar nicht. Aber wer immer es war, ließ einfach nicht locker. Mit einem halben Blick auf den Bildschirm, fischte Simone ihr Handy aus ihrer Tasche. Die Nummer sagte ihr nichts: „Hallo Hase, stör ich?" – Grimmig antwortete Simone: „Allerdings! Dein Timing ist alles andere als perfekt!" – Philipp ließ sich nicht irritieren: „Na, deine Begeisterung mich an der Strippe zu haben, war auch schon mal größer!" – Simone riss sich am Riemen: „Entschuldige! Ich bin an einer entscheidenden

Stelle einer wichtigen Präsentation, bei der ich heute unbedingt noch voran kommen muss." – „Du darfst gleich weiter machen. Ich wollte nur wissen, wann wir uns treffen können, damit ich dir die Karten fürs Ballett geben kann." – Dass sie die Eintrittskarten noch gar nicht hatte, hatte Simone in ihrer Vorfreude ganz vergessen. Philipp interpretierte ihr Schweigen als Zögern: „Jetzt sag bloß nicht, dass du es dir anders überlegt hast und die Karten doch nicht haben möchtest." – Simone holte tief Luft: „Natürlich will ich die Karten haben! Ich hatte nur nicht daran gedacht, dass wir die Übergabe organisieren müssen." – Verschmitzt hakte Philipp nach: „Ist dir der Boden für ein Treffen in Zweisamkeit zu heiß?" – Simone musste lachen: „Du hältst dich wohl immer noch für unwiderstehlich!" – Philipp blieb ernst: „Natürlich, und wer sollte das besser wissen als du." – Simone beschlich ein ungutes Gefühl: „Ach Hase, lässt du dich immer noch so schnell aus dem Konzept bringen?", kam prompt der süffisante Kommentar. Simone war sauer auf sich selbst. Sie sollte wissen, dass Philipp solche Spielchen liebte. Seufzend gestand sie: „Warum musst du mich immer aufs Glatteis führen? Du weißt ganz genau, dass da nur einer von uns seinen Spaß hat." – Philipp lenkte ein: „Stimmt! Sorry, war nicht böse gemeint!", lachend gestand er: „Aber ich konnte einfach nicht widerstehen. Aber jetzt im Ernst. Ich würde mich freuen, wenn wir uns auf eine Tasse Kaffee treffen. Dann kannst du mir von deinen Hochzeitsplänen erzählen und bekommst bei der Gelegenheit die Karten." – Simone überlegte kurz. Das klang ausreichend unverfänglich. Daher stimmte sie zu: „Und an wann hast du gedacht?" – Sie verabredeten sich für die Mittagspause am nächsten Tag. Nachdem sie den Hörer aufgelegt hatte, stellte sie überrascht fest, dass sie sich auf das Treffen freute.

Philipp hatte in dem Künstlercafé einen gemütlichen Tisch in einer der hinteren Ecken ergattert. Simone hatte ihn mit einem Blick entdeckt und schlängelte sich durch das gut besuchte Café. Nun hatte auch Philipp sie bemerkt und war aufgestanden. Simone atmete tief durch. Sie hatte erfolgreich verdrängt, wie verdammt gut Philipp aussehen konnte. Sein extravaganter Kleiderstil passte zu ihm. Gerade weil er heute für seine Verhältnisse leger gekleidet war, gefiel er Simone besonders gut. Zu einer dunkelblauen Jeans trug er ein schickes Tweedjackett und ein klassisches Hemd in einem dezentem Blau, dessen zwei oberste Knöpfe offen waren und so dem Ganzen eine lässige Note verliehen. Obwohl nur mittelgroß, strahlte er eine Energie und Lebendigkeit aus, die ihn von der Masse abhob. Simone stellte sich Jochen in diesem Outfit vor und bekam weiche Knie. Aufgrund seiner Größe und sportlichen Figur würde er sogar Philipp aus dem Feld schlagen. Seufzend schob sie den Gedanken beiseite. Das würde sie vermutlich nie erleben. Für Jochen war es schon ein Graus, wenn er zu offiziellen geschäftlichen Anlässen um ein Hemd nicht herum kam. Das einzige Jackett, das sich in seinem Schrank befand, hatte er anlässlich der Hochzeit seines Bruders gekauft und auf dessen Hochzeit genau für die Dauer der Kirche angehabt. Vermutlich würde es noch ein Fiasko mit dem Outfit für seine eigene Hochzeit geben. Simone hatte den Tisch erreicht, an dem Philipp auf sie wartete. Ein wenig zögernd legte sie Philipp eine Hand zur Begrüßung auf die Schulter und hauchte ihm einen Kuss auf die Wange, dann ließ sie sich in den freien Korbstuhl fallen. Philipp lächelte sie strahlend an: „Und, hat sie dich gehen lassen?" – Damit spielte Philipp auf Simones Chefin an, die den Abgabetermin für die finale Version der Präsentation auf vierzehn Uhr vorverlegt hatte. Simone lehnte sich vor und grinste verschmitzt: „Mein Part ist fertig und liegt auf ihrem Schreibtisch. Jetzt ist erst einmal sie am Zug!", sie zwinkerte ihm verschmitzt zu und fügte an: „Und ich kann mich in aller Ruhe um meine eigenen Bedürfnisse kümmern, ich habe nämlich einen Riesenkohldampf." – Damit nahm sie die Speisekarte zur Hand. Nach einem kurzen Blick, wusste sie, was sie wollte und bestellte bei der Bedienung: „Ich nehme den Salat von Land und Meer und dazu eine Ingwer-Limonade. Danke!" – Auch Philipp gab seine Bestellung auf und wandte sich dann leicht verwundert an Simone: „Seit wann bist du unter die Gourmets gegangen?" – Seine Frage überraschte Simone. Hätte sie anders gewählt, als sie damals noch ein Paar waren? Der Salat klang verlockend: Blattsalate der Saison garniert mit kross gebratenem Zanderfilet aus der Pfanne, Garnelen vom Grill und Hühnerbruststreifen mit einem Curry-Mango-Dip dazu. Überrascht stellte sie fest, dass Philipp vermutlich recht hatte: So etwas Extravagantes hätte sie vermutlich gemieden und sich für etwas „Handfestes" entschieden. Offensichtlich hatten Philipps Bemühungen, sie für eine Erweiterung ihres Essensrepertoires zu gewinnen, auf längere Sicht doch Früchte getragen. Sie erzählte ihm, wie gerne Jochen und sie kochten und dass sie vor allem in der asiatischen Küche unterwegs waren. Im Nu waren sie mitten im Austausch interessanter Rezepte, exotischer

Zutaten und Tipps bei der Zubereitung. Als ihr Essen kam, praktizierten sie ganz selbstverständlich den vertrauten Tellertausch und diskutierten lebhaft, was besonders lecker schmeckte und was sie anders zubereiten würden. Aus einem Impuls heraus warf Simone einen Blick auf ihre Uhr und erschrak. Die Zeit war nur so verflogen. Sie hatte längst zurück im Büro sein wollen. Bedauernd gab sie der Bedienung ein Zeichen, dass sie zahlen wollte und rüstete sich Hals über Kopf zum Aufbruch: „Es tut mir wirklich leid, dass es so ungemütlich endet!" − Philipp teilte ihr Bedauern. Das war nicht die Simone, mit der er damals zusammen gewesen war. Sie war selbstbewusster geworden und hatte sich zu einer interessanten und immer noch sehr attraktiven Frau gemausert. Er gestand sich ein, dass das Treffen mit der neuen Simone ihm viel Spaß gemacht hatte. Ganz in seine Überlegungen versunken, war er sitzen geblieben, als Simone aufstand und sich zum Gehen wandte. Sie drückte ihm einen flüchtigen Kuss auf die Wange und flog davon: „Simone, die Karten!" − Hastig nestelte er an der Innentasche seines Jacketts und zog die Abokarten hervor. Simone machte auf dem Absatz kehrt und auch er lief ihr nun entgegen. Mehr als: „Viel Spaß!", brachte er nicht heraus. Dann war sie weg.

Gedankenverloren ging er zu seinem Platz zurück und machte es sich wieder in dem Korbstuhl bequem. Abwesend schöpfte er mit dem langen Löffel den Schaum vom Latte Macciato ab, den er sich noch bestellt hatte. Als sein Handy summte, reagierte er im ersten Moment nicht. Dann zog er es wie von einer Tarantel gestochen aus seiner

Tasche. Als ob er es geahnt hatte, eine WhatsApp von Simone:

*Schön war's! Melde mich nach dem Ballettabend bei dir. Ob du die Karten zurück bekommst, weiß ich allerdings noch nicht. Verdient hättest du es eigentlich nicht! Simone*

Er schmunzelte, die Retourkutsche hatte er verdient. Aber es war ungewohnt, dass Simone austeilte. Er liebte Frauen, die nicht alles hinnahmen, sondern ihm gelegentlich seine Grenzen aufzeigten. Als Simone und er ein Paar waren, hatte sie ihm immer alles stillschweigend verziehen, bis auf dieses letzte, endgültige Mal. Er hatte im Nachhinein oft bedauert, dass er sein Schicksal derart herausgefordert hatte. Eigentlich hätte er wissen müssen, dass selbst eine Frau wie Simone irgendwann die Nase von seinen Eskapaden voll haben würde. Was würde er darum geben, eine zweite Chance zu bekommen. Aber dieser Zug schien angesichts von Simones Hochzeitsplänen endgültig für ihn abgefahren zu sein.

Simone konnte ihr Glück kaum fassen. Karten für Onegin in der Choreographie von John Cranko. Es war Jahre her, dass sie diese Inszenierung gesehen und von der ersten Szene an geliebt hatte. Sie wollte ihre Euphorie unbedingt mit jemandem teilen und wählte noch auf dem Rückweg ins Büro die Nummer von Lukas. Aber sie schien einen ungünstigen Moment erwischt zu haben. Er war kurz angebunden und so hatten sie nur rasch ausgemacht, sich eine Viertelstunde vor Vorstellungsbeginn auf den Stufen des Großen Hauses zu treffen. Das war ein absolut sicherer Treffpunkt, selbst wenn die Menschen nur so strömten. Wer immer zuerst da war, hatte den Überblick und konnte den zweiten geschickt abpassen. Simone hätte sich gerne früher getroffen. Sie liebte es, die erwartungsfrohe Atmosphäre vor einer Aufführung in sich aufzunehmen. In einer ruhigen Ecke im Programm blätternd, die anderen Besucher zu beobachten, bereitete ihr dabei ein besonderes Vergnügen. Aber Lukas hatte ohne Umschweife diese Uhrzeit und den Treffpunkt vorgeschlagen und dann eine Entschuldigung murmelnd aufgelegt, bevor Simone etwas entgegnen konnte. Irritiert blickte Simone auf das Handy in ihrer Hand. Hatte Lukas kalte Füße bekommen? Aber dann hätte er das doch einfach sagen können. Jetzt wäre noch ausreichend Zeit gewesen, jemand anderen als Begleitung zu finden.

Als Jochen registrierte, dass der Ballettabend, ihr letzter gemeinsamer Abend vor seinem Nicht-Mehr-Nur-Männerausflug war, hatte er sehr zu Simones Überraschung gemault. Sonst war sie diejenige, die die Zweisamkeit einforderte. Aber Simone hatte nur einen kurzen Augenblick gezögert. Manchmal ließ sich eben nicht alles unter einen Hut bringen. Natürlich hätte auch sie gerne noch einen gemütlichen Abend mit Jochen verbracht, aber sie sah beim besten Willen nicht ein, weshalb ausgerechnet sie wieder einmal zurück stecken sollte. Sie hatte ihre Ausflüge in die Kulturszene nach Stuttgart ohnehin drastisch reduziert und diese besondere Gelegenheit wollte sie sich nicht auch noch nehmen lassen. Außerdem war Jochen nur ein Wochenende weg. Wenn jemand hätte jammern dürfen, dann doch sie. Simone gefiel es nach wie vor nicht, dass ausgerechnet ihre Vorgängerin mit von der Partie war. Mittlerweile hatte sie mehr über Anja erfahren als ihr lieb war. Natürlich nicht von Jochen. Aber sie war wild entschlossen, sich nicht verrückt zu machen. Wahrscheinlich war es genau das Richtige, wenn sie sich ablenkte und sie sich am Vorabend seiner Abreise nicht auf der Pelle saßen. Sie bezweifelte, dass sie den Abend unbeschwert hätte genießen können. Es schien unwahrscheinlich, dass sie gemütlich auf dem Sofa sitzend das Thema „Anja" und deren Teilnahme am Männerausflug hätten ausblenden können. Im schlimmsten Fall hätte sie ihre seit Tage mühsam bewahrte Fassung verloren und Jochen in allzu deutlichen, unüberlegten Worten gesagt, wie bescheuert sie es tatsächlich fand, dass Anja sich hatte reindrängen können. Aber sie befürchtete, dass Jochen ihr vorwerfen würde, sie habe kein Vertrauen zu ihm. Je mehr sie darüber nachdachte, umso mehr wurde Simone bewusst, wie schnell eine solche Diskussion aus dem Ruder laufen würde. Sollte Jochen doch einfach ein schönes Wochenende erleben und entspannt und gut gelaunt am Sonntag wieder nach Hause kommen. Dann hätte Simone bewiesen, dass sie nicht klammerte und ihm vertraute und Jochen hätte keinen Anlass, sich von ihr eingeengt zu fühlen. Am Ende würden sie dort anknüpfen, wo sie vor Anjas Auftauchen gestanden hatten.

Lukas stand oben auf der Freitreppe und beobachtete die vereinzelten Schneeflocken, die zu Boden tanzten. Sie drehten sich und wirbelten umher, stiegen noch ein letztes Mal auf, bis sie schließlich den Boden berührten und schmolzen. Obwohl es kalt war und der Wind selbst durch seinen dicken Mantel einen Weg zu finden schien, war Lukas viel zu früh dran. Durchgefroren und nervös zugleich, begann er von einem Fuß auf den andern zu treten. Er hatte Simone gegenüber ein schlechtes Gewissen. Ihr Anruf vor ein paar Tagen kam zu einem denkbar ungünstigen Zeitpunkt. In einer wichtigen Besprechung sitzend, hatte er das Gespräch nur angenommen, weil er vergessen hatte, die Mailbox zu aktivieren. Ihm war bewusst, dass es kein gelungenes Telefonat gewesen war und dass er Simone, dadurch, dass er so kurz angebunden war, ziemlich überfahren hatte. Eigentlich hatte er sich vorgenommen, sie anschließend nochmal anzurufen. Aber dann war er unsicher geworden. Für das Treffen war alles besprochen, was hätte er ihr noch sagen sollen? Also hatte er ihr nur kurz eine WhatsApp geschrieben, dass er sich sehr auf den Abend mit ihr freute. Das tat er auch, obwohl er nicht wusste, was er sich von dem gemeinsamen Ballettabend erhoffte. Er war ohne große Erwartungen zu dem Ehemaligentreffen gegangen. Als er dann Simone gegenüber stand, war ihm mit einem Mal klar geworden, dass er sich die letzten Jahre etwas vorgemacht hatte. Simone war schon während des Studiums seine absolute Traumfrau gewesen und als er sie jetzt zum ersten Mal wiedersah, merkte er, dass auch die Funkstille seit dem Studienende nichts daran geändert hatte. Aber wieder sah es ganz danach aus, als sei ihm ein anderer zuvor gekommen und dieses Mal endgültig.

Nur ungern dachte er an seine unbeholfenen Annäherungsversuche während ihres gemeinsamen Studiums zurück. Er hatte gehofft, wenn er nur oft genug mit Simone zusammen in einer Arbeitsgruppe wäre, würde Simone schon merken, was er für sie empfand. Zunächst fühlte er sich bestätigt. Auch Simone schien darauf zu achten, dass sie möglichst oft gemeinsam eingeteilt wurden. Er hatte das Gefühl, dass sie die Zeit mit ihm ebenso genoss wie er selbst. Für ihn war es ein Vertrauensbeweis, dass sie ihm zunehmend ihr Herz ausschüttete. Aber all das änderte sich schlagartig und für ihn völlig aus heiterem Himmel. Selbst jetzt fühlte es sich noch wie ein Schlag in die Magengrube an, wenn er sich an den Tag zurück erinnerte, an dem er geradezu beiläufig erfuhr, dass Simone und ausgerechnet Philipp ein Paar waren. Simone hatte ihn angerufen, um sich mit ihm für die Durchsprache eines Referats zu verabreden. Er hatte einen Vorschlag gemacht, den sie mit dem Hinweis ablehnte, dass sie da bereits mit Philipp verabredet war: „Wieso mit Philipp?", entfuhr es ihm verblüfft. Er mochte Philipps großspurige Art nicht und es war ihm nicht aufgefallen, dass Simone jemals offen Sympathie für ihn gezeigt hätte. Simone reagierte irritiert: „Weshalb nicht mit Philipp? Schließlich sind wir zusammen!" – Lukas musste sich erst einmal setzen. Das konnte nicht wahr sein. Wieso hatte er nichts gemerkt? – In seine Sprachlosigkeit hinein hatte Simone gefragt: „Lukas, bist du noch dran?" – Es hatte ihn größte Überwindung gekostet, das Telefonat zu Ende zu bringen. Ganz vorsichtig hatte er den Hörer aufgelegt. Er hatte Angst, die ganze Welt würde in tausend Stücke zerspringen, wenn er seiner Frustration freien Lauf lassen würde. Wie hatte sie ihm das antun können? Er merkte, dass sein Gesicht feucht war von den Tränen, die sich unaufhaltsam einen Weg bahnten. Erst allmählich wurde ihm bewusst, dass Simone nichts von seinen Gefühlen geahnt hatte. Für sie war er ein guter Kumpel, mit dem sie sich prima verstand, der zuhörte und sie so akzeptierte, wie sie war. Und der Zug das zu ändern, schien abgefahren zu sein. Lukas zog sich gekränkt zurück, völlig ahnungslos, wie er das Blatt noch zu seinen Gunsten hätte wenden können. Mit dem Ergebnis, dass schon zum Ende des Studiums ihr Verhältnis abgekühlt war. Lukas hatte die rosarote Brille, mit der sie Philipp vergötterte, nicht ertragen können. In seinen Augen war Philipp ein Mistkerl, der daraus nicht einmal einen Hehl machte. Aber das schien Simone nicht zu bemerken.

Lukas war ganz selbstverständlich davon ausgegangen, dass Simone und Philipp längst verheiratet waren, eine Familie gegründet und genau das Leben führten, dass er sich für Simone und sich ausgemalt hatte. Es hatte lange gedauert, bis er sich überhaupt wieder für andere Frauen interessierte. Halbherzige Versuche, die von Beginn an zum Scheitern verurteilt schienen. Keine Frau kam an sein Idealbild von Simone heran und wenn er ehrlich war, war sein Vertrauen in seine Fähigkeit, Frauen zu verstehen, grundlegend erschüttert, was die Annäherung zusätzlich erschwerte. Sein Liebesleben war zugebenermaßen ein einziges Desaster.

Und dann, er holte tief Luft, dann hatte er Simone wiedergesehen und für einen kurzen Moment geglaubt, sie sei frei, frei nicht nur von Philipp, sondern frei für eine neue Beziehung. Aber Claudia hatte diesen Hoffnungsschimmer gleich wieder zunichte gemacht. Es war überhaupt nicht seine Art, in eine Beziehung hineinzufunken. Aber als Philipp die Ballettkarten angeboten hatte, empfand er das als Wink des Schicksals und hatte spontan zugegriffen. Jetzt stand er hier und wusste nicht weiter. Die erste Kontaktaufnahme, den

Anruf von Simone, hatte er vermasselt, da machte er sich nichts vor. Aber viel schlimmer war, dass er keinen Plan für den heutigen Abend hatte. Vermutlich war es das Beste, wieder in die Rolle des guten Kumpels zu schlüpfen, die er so lange, so überzeugend gespielt hatte.

Der Schneefall hatte weiter zugenommen und Lukas versuchte sich zu fokussieren und durch den Schneevorhang hindurch, Simone zu entdecken. Dann sah er sie, mit eiligen Schritten und gesenktem Kopf. Ein Blick auf die Uhr verriet ihm, dass auch Simone deutlich zu früh dran war. Ohne aufzusehen, steuerte sie direkt auf einen der Eingänge zu. Lukas musste sich beeilen, um sie abzupassen: „Guten Abend! Könnte es sein, dass Sie eine Eintrittskarte für mich haben?" – Simone sah ihn überrascht an, doch dann breitete sich sofort ein strahlendes Lächeln auf ihrem Gesicht aus und Lukas wünschte sich, die Zeit würde einfach stehen bleiben: „Du bist ja auch schon da. Dann können wir zusammen Publikum schauen gehen." – Nachdem Lukas sich offensichtlich erst kurz vor der Aufführung mit ihr treffen wollte, hatte Simone beschlossen, einfach alleine die erwartungsfrohe Atmosphäre vor der Vorstellung zu genießen. Aber so war es natürlich viel besser. Gemeinsam schlängelten sie sich durch das Gedränge am Eingang, dann wandte Simone sich zielstrebig dem Aufgang zum ersten Rang zu. Lukas sah sich um und deutete auf den Wegweiser: „Haben wir etwa da Karten?" – Simone lächelte ich ihn verschmitzt an: „Du weißt doch, für Philipp war das Beste immer schon gerade gut genug. Daran scheint sich nichts geändert zu haben. Wir sitzen selbstverständlich in der ersten Reihe, unmittelbar bei der

Königsloge!" – "Nicht schlecht! Das sollten wir unbedingt mit einem Glas Prosecco feiern." – Genau so wünschte Simone sich einen solchen Abend. Während Lukas sich an der Bar anstellte, besorgte Simone zwei Programme und begann darin zu blättern. Die Fotos der Inszenierung steigerten ihre Vorfreude weiter. Lukas reichte ihr ein Glas und sie stießen an. Dann schaute er über ihre Schulter in das aufgeschlagene Heft. Gemeinsam betrachteten sie die Aufnahmen. Simones Haar streifte Lukas Wange, es kitzelte, aber Lukas unterdrückte den Impuls, die Locke wegzustreichen. Er genoss den Moment. Simone spürte die Nähe und stellte sich vor, dass es Jochen war, der neben ihr stand und die Schmetterlinge im Bauch verursachte. Es dauerte einen Moment, bis sie realisierte, dass es aber Lukas und nicht Jochen war. Erschrocken machte sie einen Schritt zur Seite. Natürlich wollte sie wissen, ob Lukas in sie verliebt gewesen war, aber eben damals, in einem Leben lange vor Jochen. Mit einer endgültigen Geste klappte sie das Programmheft zu und lächelte Lukas unsicher an. Auch er schien ihren plötzlichen Stimmungswandel wahrzunehmen, denn er wich instinktiv einen weiteren Schritt von ihr zurück. Einen Moment lang herrschte ein unbehagliches Schweigen zwischen ihnen. Simone versuchte vergeblich in seinem Gesicht abzulesen, was in Lukas vorging. Vermutlich war es besser, es nicht erraten zu können, entschied Simone und deutete auf eine Säulengruppe: "Komm, lass uns dort rüber gehen. Du wirst sehen, es ist einer der besten Plätze, um unauffällig das Publikum zu studieren." – Sie lächelte ihn an und ging vor. Nachdenklich folgte er ihr. Simone hatte sich wieder gefangen und war ganz in ihrem

Element. Die Bandbreite der Kleidungsstile, wenn man bei allem, was man so sah überhaupt von Stil reden konnte, war verblüffend und hatte sie von jeher fasziniert: Bei manch einem konnte man sich nicht sicher sein, ob es bewusstes Understatement war oder ob dieser jemand nicht einfach wahllos Klamotten vom Boden aufgehoben und angezogen hatte, die dort nach einer nächtlichen Tour gelandet waren. Am anderen Ende der Skala gab es vereinzelt die ganz großen Roben, Damen in langen Abendkleidern und Herren im Smoking. Simone fühlte sich in ihrem Outfit, das irgendwo dazwischen lag am wohlsten. Sie hatte eine schwarze Seidenhose und eine cremefarbene Bluse an und liebte es für gewöhnlich, ihre Schuhe mit den viel zu hohen Absätzen dazu anzuziehen. Bei den winterlichen Verhältnissen hatte sie sich heute jedoch ganz pragmatisch für Stiefeletten entschieden. Ihre blonden Locken fielen ihr offen auf die Schulter. Lukas hatte sich zwar nicht zu ihrem Aussehen geäußert, aber seine Blicke streiften sie immer wieder wohlwollend. Seine Kleiderwahl passte zu der ihren, ganz so, als hätten sie sich abgesprochen. Auch er trug eine schwarze Hose und ein schickes weißes Hemd mit Manschettenknöpfen. Das Ganze hätte leicht spießig wirken können, aber er hatte sich einen schmalen, dunklen Wollschal um den Hals geschwungen. Simone musste zugeben, dass sie ein schönes Paar abgaben. Allmählich entspannte sich die Atmosphäre zwischen ihnen wieder. Gegenseitig machten sie sich auf besonders skurrile Erscheinungen im Publikum aufmerksam. Als es kurz darauf zum ersten Mal klingelte, begaben sie sich bester Laune auf die Suche nach ihren Plätzen. Lukas hatte Simone formvollendet die Platzwahl überlassen und gewartet, bis sie sich gesetzt hatte. Simone genoss diese ungewohnte Aufmerksamkeit. Entspannt lehnte sie sich in ihrem Sitz zurück und ließ sich bereits von den ersten Tönen der Ouvertüre davon tragen. Erst nach einer Weile ergriff sie eine innere Unruhe: Sie fühlte sich beobachtet. Verstohlen sah sie zu Lukas hinüber, der halb zu ihr gewandt dasaß und sie ansah. Simone fühlte sich unbehaglich unter seinem intensiven Blick. Sie versetzte ihm einen leichten Stups: „Du sollst nicht mich anschauen, sondern dem Geschehen auf der Bühne folgen. Mit wem soll ich mich denn sonst in der Pause darüber unterhalten?" – Abrupt setzte Lukas sich zurecht und richtete seinen Blick starr auf die Bühne. Simone betrachtete sein Profil, aus dem nichts, als höchste Konzentration zu sprechen schien. Dann wandte auch sie ihre Aufmerksamkeit wieder der Bühne zu, dieses Mal weit weniger entspannt. Als sie eine Weile später zu Lukas hinüber sah, schien er ganz gefesselt von der Szene auf der Bühne zu sein. Ein leises Lächeln hatte seine Gesichtszüge entspannt.

Wortlos verließen sie in der Pause den Zuschauerraum. Im Foyer standen sie sich einen Augenblick unschlüssig gegenüber: „Prosecco?", fragte Lukas schließlich. Simone schüttelte den Kopf, obwohl ihr die Zunge am Gaumen klebte. – „Nein, aber einen O-Saft.", brachte sie schließlich heraus und wandte sich in Richtung Bar: „Lass mich das machen.", mit diesen Worten hielt Lukas sie zurück und bahnte sich einen Weg durchs Gedränge. Simone blieb an dem Stehtisch stehen, der zufällig direkt neben ihr frei war. Nachdenklich sah sie Lukas nach. War sein Verhalten, die Antwort auf ihre noch ungestellte Frage? Aber würde das nicht bedeuten, dass er immer noch etwas für sie empfand? Simone wurde mit einem Mal unerträglich heiß. Wollte sie das dann überhaupt wissen? Fragen über Fragen. Simone fühlte sich überfordert. Das Schlimmste war, dass sie nicht wusste, wie sie sich verhalten sollte. Sie hatte sich auf einen unkomplizierten Abend gefreut, an dem man bestenfalls in alten Erinnerungen schwelgt und ganz nebenbei gemeinsam darüber lacht, dass Simone nichts von Lukas damaligen Gefühlen gewusst hatte. Schlagartig wurde Simone bewusst, dass sie sich unabsichtlich auf unübersichtliches Terrain begeben hatte. Spontan entwickelte ihr Kopf Fluchtgedanken. Aber die Vorstellung, dass Lukas hier gleich mit zwei Gläsern in der Hand stehend, vergeblich nach ihr Ausschau halten würde, ließ sie den Gedanken sofort wieder verwerfen. Sie war niemand, der einfach davon lief.

Auch Lukas hatte gegrübelt und einen Entschluss gefasst. Vorsichtig die vollen Gläser balancierend, machte er sich auf die Suche nach Simone. Er reichte ihr ihren Orangensaft und prostete ihr zu: „Dass die Luft aber auch immer so trocken sein muss.", fügte er leichthin dazu. Er trank einen Schluck und betrachtete Simone über den Rand seines Glases. Sie machte einen angespannten Eindruck: „Findest du nicht auch, dass Jason Reilly sich in seiner Rolle des Onegin geradezu übertrifft?" – Simone war erleichtert, dass Lukas einen lockeren Ton anschlug. Vielleicht hatte sie den Augenblick vorhin überbewertet. Schnell waren sie in ein Gespräch über die Aufführung vertieft, so dass es beide bedauerten, als die Pause vorüber war.

Gebannt verfolgte Simone das Schluss-Pas de deux. Die unerfüllte Liebe von Onegin und Tatjana hätte man nicht dramatischer inszenieren können. Das Publikum feierte das Ensemble mit stehenden Ovationen. Mit leuchtenden Augen folgte Simone Lukas an die Garderobe. Als er ihr in den Mantel geholfen hatte, fragte er: „Darf ich dich noch auf einen Cocktail einladen." – Als er Simones Zögern spürte, fügte er rasch hinzu: „Bitte, es ist mir wichtig." – Simone wurde mulmig zumute, aber mit einem kurzen Blick auf die Uhr, willigte sie schließlich ein: „Aber nur ein kurzer Absacker." – Lukas bot ihr seinen Arm an und sie hakte sich unter. Schweigend gingen sie das kurze Stück zu einer kleinen versteckten Bar. Es hatte aufgehört zu schneien und Simone atmete die klare Luft tief ein. Es tat gut, den Kopf frei zu bekommen. Sie hatte das unbestimmte Gefühl, dass sie genau das jetzt brauchte: Einen klaren Kopf.

Nachdem sie bestellt hatten, schaute Simone Lukas erwartungsvoll an. Er spielte mit der Getränkekarte, aber schließlich legte er sie zur Seite und sah Simone an: „Ich muss dir etwas gestehen." – Und dann gewährte er Simone einen Einblick in sein Seelenleben. Das Eis in ihrem Cocktail war längst geschmolzen, als Lukas damit endete, wie Claudia seinen kurzen Hoffnungsschimmer auf ein verspätetes Happy End zwischen ihnen beiden auf dem Ehemaligentreffen gleich wieder zunichte gemacht hatte: „Es tut mir leid, dich derart mit meinen Gefühlen zu überrumpeln. Aber wenn nicht heute, wann hätte ich es dann tun sollen?" – Er lehnte sich erschöpft zurück und schloss für einen kurzen Moment die Augen. Er hätte nicht beschreiben können, was er gerade fühlte. Er hatte gehofft, erleichtert zu sein, aber im Moment empfand er nur eine unendliche Leere. Langsam öffnete er die Augen und sah Simones blasses Gesicht. Spontan legte er seine Hand auf die ihre. Aber sie zog ihre Hand wie elektrisiert weg. – „Was erwartest du jetzt von mir?", brachte sie schließlich heiser hervor. Lukas überlegte. Die Hoffnung, die er insgeheim hegte, war so unrealistisch, dass er sich nicht traute, sie zu formulieren. Simone würde denken, er habe vollends den Verstand verloren, vermutlich hatte er das auch. Aber er wollte wenigstens so etwas wie eine Chance: „Es würde mir viel bedeuten, wenn du über deine Gefühle zu mir nachdenken würdest." – Simone schnaubte: „Du bist vielleicht lustig! Da gibt es nichts zu überlegen. Für den Fall, dass du es noch nicht begriffen hast: Ich heirate in wenigen Wochen!", ihre Stimme überschlug sich fast. Völlig entnervt schnappte sie ihre Handtasche und stand auf. Dann drehte sie sich nochmal um und beugte sich wütend zu ihm herunter: „Was glaubst du eigentlich, was du hier veranstaltest?" – Sie drehte auf dem Absatz um und flüchtete aus dem Lokal. Lukas blieb wie betäubt sitzen. Simone machte sich im Laufschritt auf den Weg zum Bahnhof. Mit einem flüchtigen Blick auf die Anzeigentafel stellte sie fest, dass die einfahrende S-Bahn zufällig die Richtige war, um nach Hause zu kommen. Seufzend ließ sie sich in den Sitz fallen. Jetzt hatte sie die Antwort auf ihre Frage als vollumfängliches Geständnis. Simone schloss die Augen und drückte ihren Kopf in die harte Lehne ihres Sitzes. Was nun? Sie hätte keine Minute länger Lukas gegenüber sitzen bleiben können. Aber sie musste davon ausgehen, dass aus seiner Sicht, dass nicht das Ende war. Vermutlich würde er eine Antwort auf seine

Frage von ihr fordern. Im Studium wäre sie nicht im Traum darauf gekommen, dass Lukas mehr für sie empfand. Hätte er doch damals den Mut besessen, sich zu offenbaren. Wobei Simone sich eingestehen musste, dass das keine Garantie für einen anderen Ausgang der Geschichte gewesen wäre. Lukas hatte es ihr immer so leicht gemacht, mit seiner Zuverlässigkeit war er für sie stets der Fels in der Brandung gewesen. Das war aber nicht das, wonach sie sich damals gesehnt hatte. Deshalb hatte Philipp so leichtes Spiel gehabt. Heute war es anders. Heute wollte sie jemanden an ihrer Seite haben, auf den sie sich hundertprozentig verlassen und mit dem sie gleichzeitig Spaß haben und das Leben genießen konnte. Und genau so einen Partner hatte sie mit Jochen gefunden. Simone spürte, wie sie mit dieser Erkenntnis eine Welle der Erleichterung überspülte. Es würde ihr nichts anderes übrig blieben, als Lukas erneut zu enttäuschen. Trotzdem fühlte sie sich völlig ausgelaugt. Sie war dankbar, dass Jochen nicht aufgeblieben und auf sie gewartet hatte, sondern bereits fest schlief, als sie leise die Wohnungstür aufschloss.

Jochen schlug die Augen auf und blickte an die Decke. Er brauchte einen Moment, um sich zu orientieren. Er atmete vorsichtig ein, dann ganz langsam wieder aus und registrierte, dass der Radiowecker neben ihm dudelte. Er hatte geträumt, nur geträumt, dass sie Skifahren waren. Erst waren da nur Simone und er. Der Schnee war fantastisch und bildete einen funkelnden Kontrast zum tiefblauen Himmel. Sie waren allein auf der Piste und es war traumhaft, gemeinsam ins Tal zu rauschen. Unvermittelt tat sich eine Felskante auf. Während Jochen gerade noch bremsen konnte, schanzte Simone hinaus in den blauen Himmel, nur um dann in ein endloses Nichts zu stürzen. Jochen stieß einen stummen Schrei aus, hilflos in den Abgrund starrend. Plötzlich stand Anja neben ihm und legte ihm eine Hand auf den Arm. Lächelnd sagte sie: „Ist doch nicht so schlimm!"

Jochen war schweißgebadet. Er träumte äußerst selten und wenn, dann konnte er sich normalerweise nicht an Einzelheiten erinnern. Es blieb höchstens ein leichtes Unbehagen zurück. Aber dieses Mal hatte er das Gefühl, er sei eben noch auf der Piste gewesen. Er konnte den kühlen Fahrtwind im Gesicht spüren und das Entsetzen, das ihm den Hals zuschnürte, als er Simone nicht helfen konnte, war immer noch greifbar und ließ an Intensität nur ganz allmählich nach.

Neben ihm rührte sich Simone, sie streckte sich und rollte zu ihm herüber: „Guten Morgen, mein Schatz.", lächelnd fügte sie hinzu: „Ich fürchte, es hilft alles nichts, die Nacht ist vorbei." – Sie kuschelte ihren Kopf an seine Schulter: „Am liebsten würde ich den ganzen Tag mit dir im Bett liegen bleiben.", murmelte sie. Jochen streichelte ihr liebevoll über das verwuschelte Haar: „Ich auch!", stimmte er ihr aus tiefsten Herzen zu. Kurz darauf schälte Simone sich aus der Bettdecke: „Schade, und auf morgen vertagen können wir es auch nicht. Kaffee?", sie grinste ihn aufmunternd an. Er nickte zustimmend. Simones allmorgendliche gute Laune war für ihn ein Phänomen. Während er immer einen Augenblick brauchte, um richtig wach zu werden, schien Simone einfach einen Schalter umzulegen und der Tag konnte beginnen und das mit einem Strahlen. Aber auch für ihn gab es kein Entrinnen, zumal er heute nur einen halben Tag arbeitete. Sie wollten früh in ihr Wochenende starten, um nach Möglichkeit gar nicht erst im Wochenendverkehr stecken zu bleiben. Als er in die Küche kam, hielt ihm Simone eine große dampfende Tasse hin. Dankend nahm er sie und trank vorsichtig einen Schluck. Dann schenkte er ihr ein schiefes Grinsen: „Das ist schon besser! Wie war eigentlich dein Ballettabend?" – Simone hatte mit der Frage gerechnet und beschlossen eine unverfängliche Antwort zu geben: „Die Aufführung war einfach traumhaft. Nur schade, dass du dich nicht fürs Ballett erwärmen kannst." – Jochen rollte mit den Augen. Einen Blick auf die Uhr werfend, wandte er sich zum Gehen: „Ich muss los." – Er machte nochmal auf dem Absatz kehrt, nahm sie in den Arm und küsste Simone intensiv: „Pass auf dich auf, mein Schatz und genieße dein freies Wochenende!", wünschte er ihr. Simone schnaubte. Sie wäre froh, es wäre bereits Sonntagabend und Jochen wieder hier bei ihr: „Bitte melde dich, wenn ihr angekommen seid." – „Ja, Mama!", rief ihr Jochen über die Schulter zu. Als er ihren verletzten Blick auffing, drehte er sich nochmal um: „Ach Simone, du weißt doch genau wie das läuft, wenn wir erst mal dort sind, dann sind wir mit hundert anderen Dingen beschäftigt. Sollte ich daran denken, melde ich mich, aber ich weiß nicht einmal, ob wir oben auf der Hütte Empfang haben.", wiegelte er ab. Simone zuckte resigniert mit den Schultern: „Es wäre halt schön, ein kurzes Lebenszeichen von dir zu bekommen." – Jochen winkte ihr in der Tür stehend nochmal zu und war weg. Auch Simone packte ihre Sachen zusammen und machte sich auf den Weg ins Büro.

Dort angekommen, legte sie ihr Handy auf den Schreibtisch. Sie rechnete fest damit, dass Lukas sich melden würde. Nach allem, was er ihr offenbart hatte, würde er definitiv eine Reaktion darauf von ihr erwarten. Insgeheim hoffte sie, dass ihr überstürzter Abgang Antwort genug wäre, aber irgendwie bezweifelte sie das. Es lag ihr fern, ihn zu verletzen, aber sie liebte Jochen und hatte sich für eine Zukunft mit ihm entschieden. Es war gut möglich, dass wenn Lukas während des Studiums den Mut gehabt hätte, ihr seine Gefühle zu gestehen, die Dinge anders gelaufen wären. Aber das hatte er nicht und jetzt würden sie nicht mehr heraus finden, ob es anders gekommen wäre. Trotzdem tat es ihr unendlich leid, Lukas erneut verletzen zu müssen und dieses Mal in vollem Bewusstsein. Aber sie sah keine andere Möglichkeit.

Als sie nach einem entspannten Arbeitstag um vier Uhr ihre Sachen zusammenpackte, hatten sich weder Lukas noch Jochen gemeldet. Für einen Anruf von Jochen war es vermutlich noch zu früh und bei Lukas, wusste sie nicht, womit sie rechnen musste. Einen Augenblick lang schaute sie unschlüssig auf das Display ihres Handys. Natürlich war es auch eine Option, dass sie von sich aus Lukas anrief und damit das nervenzehrende Warten beendete. Aber noch immer hoffte sie, dass er es vielleicht bei dem gestrigen Abend bewenden ließ.

Simone hatte es sich zu Hause gemütlich gemacht. Sie genoss es von Zeit zu Zeit, die Wohnung für sich zu haben und tun und lassen zu können, wonach ihr der Sinn stand. Sie hatte sich einen Salat zusammengewürfelt und diesen gemütlich im Wohnzimmer gegessen. Jetzt fehlten ihr eigentlich nur eine große Tasse Tee, die leckeren

Schokoladenkekse und das spannende Buch mit der Familiensaga einer englischen Adelsfamilie zu ihrem Glück. Aber irgendwie war sie unruhig. Während der Wasserkocher brodelte, nahm sie ihr Handy zum wiederholten Mal in die Hand. Aber es zeigte keinen entgangenen Anruf und es hatte auch keiner unbemerkt eine WhatsApp geschrieben. Es klingelte. Simone erschrak, fast hätte sie ihr Handy fallen lassen. Was da klingelte, war jedoch nicht ihr Handy sondern die Türklingel. Sie zögerte einen Augenblick, denn sie erwartete niemand. Das Handy auf die Küchenablage legend, ging sie schließlich zur Tür. Im Hausflur stand Lukas: „Was willst du denn hier?", entfuhr es Simone erschrocken. Sie hatte mit vielem gerechnet, aber nicht damit, dass er vor ihrer Tür aufkreuzte. Obwohl Lukas sie um einen halben Kopf überragte, stand er wie ein Häuflein Elend vor ihr: „Lass uns bitte noch einmal reden." – Simone spürte, wie alle ihre Alarmsignale gleichzeitig auf rot schalteten. Es war etwas anderes, jemanden am Telefon abzuservieren. Aber jetzt war er direkt hier vor ihr. Fieberhaft überlegte Simone, wie sie reagieren sollte: „Lukas, da gibt es nichts mehr zu sagen. Ich liebe Jochen und ich werde ihn heiraten. Warum verstehst du das denn nicht?" – Lukas sah sie mit einem tieftraurigen Blick an: „Das verstehe ich schon, irgendwie zumindest. Aber ich will wenigstens begreifen, was ich hätte anders machen müssen." – Simone war hin und her gerissen. Ein Stück weit tat er ihr leid, daher hakte sie nach: „Und was genau erwartest du von mir?" – Lukas ergriff seine Chance: „Dass wir einfach nochmal reden. Ich habe so viele Fragen." – Simone trat unwillkürlich einen Schritt zurück und wollte instinktiv die

Tür schließen. Sofort lenkte Lukas ein: „Es wird nicht lange dauern. Gib mir nur eine Stunde." – Simone gab sich geschlagen: „Also gut, eine Stunde! Aber nicht länger und nicht hier!" – Sie erklärte ihm den Weg zum City und versprach Lukas, ihn in zehn Minuten dort zu treffen. Schließlich konnte sie schlecht in ihrer Jogginghose dort aufkreuzen.

Als sie das City wenige Minuten später betrat, wurde ihr schlagartig klar, dass es keine gute Idee gewesen war, sich hier zu treffen. Bis sie an dem Tisch angekommen war, an dem Lukas bereits auf sie wartete, war sie an einer ganzen Reihe bekannter Gesichter vorbei gekommen. Sie konnte sich also sicher sein, dass es sich wie ein Lauffeuer verbreiten würde, dass sie sich allein mit einem Unbekannten verabredet hatte, während Jochen übers Wochenende weg war. Dabei konnte das Treffen noch so harmlos sein, es würde ein gefundenes Fressen sein. Und harmlos war es ganz und gar nicht, gestand Simone sich kleinlaut ein. Ihr wurde ganz übel und so setzte sie sich leicht gereizt zu Lukas.

Lukas hatte mit dem Bestellen auf sie gewartet. Unschlüssig blätterte sie in der Karte mit den Cocktails. Schließlich legte sie die Karte weg. Als die Bedienung sie fragend ansah, bestellte sie eine Chai Latte. Sie wollte unbedingt einen klaren Kopf behalten. Lukas lächelte sie zaghaft an: „Du bist natürlich eingeladen." – Simone funkelte ihn giftig an: „Lukas, lass es einfach sein. Damit eines ganz klar ist: Ich möchte unser Treffen so schnell wie möglich hinter mich bringen." – Gekränkt wollte Lukas wissen: „Findest du mich denn so schlimm?" – Simone seufzte, das war wirklich anstrengend: „Das hat doch nichts mit dir zu tun. Du bist wirklich ein super netter Kerl, aber du verschwendest deine Zeit, wenn du meinst, man könne die Zeit zurück drehen." – Vorsichtig nahm sie einen Schluck ihrer dampfenden Chai Latte: „Während des Studiums war es immer schön, mit dir zusammen zu sein, als guter Kumpel. Mehr war da von meiner Seite aus nie." – Lukas hatte so etwas bereits vermutet, aber es in dieser Deutlichkeit aus Simones Mund zu hören, war zutiefst verletzend: „Aber warum ausgerechnet Philipp?" – Simone zuckte mit der Schulter: „Weiß nicht? Rückblickend frage ich mich das auch. Aber er ist so lebendig und charmant und wenn er will, liest er einem jeden Wunsch von den Augen ab." – Sie musste lächeln, als Bilder von opulenten Frühstücksgelagen im Bett vor ihrem inneren Auge erschienen. Lukas wusste nicht weiter: „Was mache ich falsch?" – Simone wurde ernst: „Ich glaube nicht, dass du etwas falsch machst. Du bist einfach noch nicht der Richtigen begegnet." – Lukas beugte sich vor und ergriff zärtlich Simones Hand: „Doch, die Richtige sitzt mir gegenüber!" – Simone zog ihre Hand rasch weg und hoffte inständig, dass niemand die vertrauliche Geste beobachtet hatte: „Du kapierst es einfach nicht! Hör endlich auf, dir etwas einzureden! Und ein für alle Mal", wütend blitzte sie ihn an: „lass mich in Ruhe. Zwischen uns war nie etwas und da wird auch nie etwas sein!" – Energisch schob ihren Stuhl zurück und stand auf. Sie bezahlte bei der Bedienung am Tresen und versuchte, so gefasst wie möglich das Bistro zu verlassen. Draußen atmete sie tief durch. Sie unterdrückte das Bedürfnis zurück zu sehen, denn sie wusste, dass Lukas sie beobachtete und einen Blick in seine Richtung, vermutlich als erneutes Entgegenkommen interpretiert hätte. Entschlossen lief sie weiter die Straße entlang, dabei zog sie ihr Handy aus der Tasche und fluchte leise. Bei dem Geräuschpegel im City hatte sie nicht gehört, dass es geläutet hatte. Jetzt hatte sie zu allem Überfluss auch noch Jochens Anruf verpasst. Sie wählte seine Nummer, aber eine freundliche Stimme wies sie darauf hin, dass die gewählte Rufnummer derzeit nicht erreichbar sei. Sie wischte sich eine Träne der Frustration von der Wange und setzte ihren Heimweg fort.

Jochen blickte irritiert auf das Display. Es war die richtige Nummer, die angezeigt wurde. Wo steckte Simone nur. Erst ihn anbetteln, er solle sich melden und dann nicht erreichbar sein. Dabei hatte er sich richtig darauf gefreut, ihre Stimme zu hören. Beim Aufstieg zur Hütte hatte er immer wieder verstohlen geprüft, bis wohin er Netzempfang hatte. Tatsächlich hielt dieser bis kurz vor ihrer Ankunft. Jetzt hatte er sich von den Jungs abgeseilt und war das letzte Stück des Weges wieder abgestiegen. Stolz, dass er von selbst daran gedacht hatte, Simone ihren Wunsch zu erfüllen. Und jetzt erreichte er sie nicht. – „Alles OK?", Anja tauchte unvermittelt aus der Dunkelheit auf. Jochens Irritation wuchs: „Was willst du hier? Verfolgst du mich etwa?" – Anja lachte ihr tiefes Lachen, das er früher so sexy gefunden hatte: „Hättest du das gerne?" – Sie kam vorsichtig durch den tiefen Schnee stapfend näher und fügte, als Jochen nicht antwortete, hinzu: „Drinnen ist es ganz schön stickig, deshalb fand ich deine Idee, frische Luft zu schnappen prima. Ich frage mich nur, ob die Luft hier unten besser ist, als oben an der Hütte." – Jochen schob sein Handy unauffällig in die Hosentasche und machte sich auf den Rückweg: „Das können wir jetzt direkt mal testen." – Anja stapfte schweigend hinter ihm den Berg wieder hoch. Oben angekommen, schlug sie vor: „Lass uns doch noch ein bisschen draußen bleiben." – Aber Jochen lehnte ab: „Du klapperst jetzt schon mit den Zähnen, wir gehen besser rein, bevor du dir den Tod holst."

Als sie gemeinsam den Raum betraten, waren alle Blicke auf sie gerichtet und für einen Moment sagte niemand etwas. In die Stille hinein feixte Leon: „Habt ihr alte Erinnerungen ausgetauscht?" – Der Blick, den Felix Jochen zuwarf, veranlasste ihn sich tiefer unter einem der Balken hindurch zu ducken, als es nötig gewesen wäre. Er ging wortlos zum Tresen, holte sich ein Bier und brachte Anja auch eines mit. Minuten später schien die vermeintliche Zweiertour vergessen und die Stimmung war wieder ausgelassen. Es war weit nach Mitternacht, als Jochen schließlich seinen Rucksack nahm und nach oben ging. Da sie die Hütte für sich hatten, hatten sie freie Betten- und Zimmerwahl und konnten sich ausbreiten. Jochen wusste das zu schätzen, denn vor allem Tobias konnte einen ohne weiteres mit seinem Schnarchinferno aus dem Reich der Träume zurück katapultieren. Im Schlafsack zu schlafen war ungewohnt, aber gemütlich und so war Jochen nach wenigen Augenblicken fest eingeschlafen. Im Halbschlaf kam nochmal die Frage hoch, weshalb Simone nicht an ihr Handy gegangen war.

Jochen erwachte und hörte, dass es in der Hütte rumorte. Zu dem kleinen Fenster kam zwar mattes Licht herein, aber er hatte keinen Anhaltspunkt wie spät es war. Jochen tastete nach seiner Armbanduhr. Nach einem Blick darauf stöhnte er leise: Sieben Uhr dreißig. Das durfte doch nicht wahr sein. Aber nach mehreren vergeblichen Versuchen, sich nochmal umzudrehen, ergab er sich und ging nach unten. Leon und Anja hantierten bereits in der Küche: „Guten Morgen!", schmetterte ihm Leon entgegen. Jochen zeigte ihm kommentarlos den Vogel: „Was hast du denn! Stückzahl! Wir sind schließlich zum Skifahren hier!" – Dann wandte er sich wieder der Pfanne zu, in der bereits Speck brutzelte und begann Eier aufzuschlagen: „Du kannst die anderen Buben wecken gehen! Wie du siehst, ist das Frühstück gleich fertig." – Anja schlängelte sich mit Tellern und einem aufmunternden Lächeln an ihm vorbei. Jochen gab nach und ging wieder nach oben, auf ungewisse Mission. Aber fünfzehn Minuten später saß eine reichlich verknautschte Runde am Frühstückstisch. Leon sah kopfschüttelnd in die zerknitterten Gesichter: „Mensch, ihr vertragt auch nichts mehr!" – Dafür erntete er nur müden Protest. Anja hatte sich neben Jochen gesetzt und achtete darauf, dass er alles hatte, was er brauchte. Jochen registrierte ihre Bemühungen nur am Rande. Felix beobachtete das Ganze argwöhnisch und versuchte Anjas Aufmerksamkeit auf sich zu ziehen. Immer wieder bat er sie, ihm das eine oder andere zu reichen. Schließlich platzte Anja der Kragen: „Mach's selber, ich bin doch nicht deine Mutter!" – „Aber Jochens, oder wie?", giftete Felix zurück. Jochen schaute fragend von seinem Teller auf, den er gerade konzentriert bearbeitet hatte, erntete aber keine Reaktion.

Nach dem Frühstück drückte Leon auf die Tube. Die Jungs waren es nicht anders von ihm gewohnt. Wenn eine Piste in der Nähe war, hielt es Leon nie lange drinnen. Das Wetter machte auch mit: Es hatte über Nacht noch etwas geschneit, jetzt war der Himmel zwar bedeckt, die Sicht war jedoch gut. Gemeinsam fuhren sie von der Hütte zu einem Lift ab, der einen Einstieg ins Schigebiet bot. Den Vormittag über genossen sie gemeinsam die perfekten Pistenverhältnisse. Erst spät machten sie einen Einkehrschwung zum Mittagessen. Die Terrasse der Skihütte hatte sich bereits wieder geleert. Mittlerweile hatte sich die Sonne durch die Wolken gekämpft. Alle waren sich einig, dass es sich bei dem Wetter herrlich draußen aushalten ließ und so bestellten sie nach dem Essen noch eine weitere Runde Getränke. Trotzdem drängte Leon nach einer Weile zurück auf die Piste. Die Begeisterung hielt sich nach dem frühen Aufbruch am Morgen bei den anderen in Grenzen, doch Leon ließ nicht locker. Anja blickte in die Runde und sah dann auffordernd Jochen an: „Also ich bleibe noch eine Weile hier und genieße die Sonne!" – Jochen ignorierte ihren Blick und ihre Worte hingen in der Luft. Dann ließ sich Felix vernehmen: „Da bin ich dabei! Komm, wir gönnen uns noch einen Apfelstrudel mit Vanillesauce!" – Damit gab es kein Zurück für Anja, die ein paar Minuten früher laut darüber nachgedacht hatte, sich noch einen Nachtisch zu bestellen, sich aber nach Leons Aufforderung zum Aufbruch nicht mehr getraut hatte. Man verständigte sich darauf, sich später direkt auf der Hütte zu treffen. Mit einem Augenzwinkern gab Leon Anja und Felix letzte Anweisungen für die Zubereitung des Abendessens.

Jochen genoss den Nachmittag in frauenloser Gesellschaft. Er konnte nicht sagen warum, aber sobald sie unter sich waren, waren alle viel lockerer und verstanden sich ohne Worte. Dabei war Anja unkompliziert, stand ihnen konditionell in nichts nach und war immer für einen Spaß zu haben. Trotzdem lag eine gewisse Spannung in der Luft, wenn sie dabei war. Jetzt am Nachmittag war es endlich das unbeschwerte Pistenvergnügen, auf das sich Jochen im Vorfeld gefreut hatte.

Als sie am späten Nachmittag zurück auf die Hütte kamen, duftete es bereits verlockend. Leon freute sich: „Meine Anweisungen scheinen Wirkung gezeigt zu haben." – Sie folgten ihm in die Küche, in der Anja am Herd stehend in einem großen Topf rührte. Leon warf einen Blick hinein und schnupperte: „Mmh, das riecht schon lecker!" – Dann nahm er eine Kostprobe und befand, dass es Zeit wurde, die Nudeln zu kochen und den Salat zuzubereiten. Leon organisierte einen großen Topf für die Nudeln und Jochen ging zur Ablage, auf der bereits grüner Salat, eine Gurke und Tomaten bereit lagen. Leon nickte ihm zu und schob ihm ein Schneidebrett, eine Schüssel und ein Messer hin. Robert, Fabian und Tobias verdrückten sich. – „Wo steckt eigentlich Felix?", wollte Leon wissen. Anja zuckte wortlos mit den Schultern und rührte weiter.

Nachdem Jochen mit dem Zubereiten des Salats fertig war, beschloss er, sich auf die Suche nach den anderen zu machen. Aus der Küche kommend, entdeckte er Felix, der alleine am Tresen saß. Er ging zu ihm und klopfte ihm auf die Schulter: „Na, alles klar bei dir?" – Felix schob seine leere Bierflasche auf dem Tresen hin und her und murmelte etwas Unverständliches. Jochen setzte sich auf den Barhocker neben ihn und wartete geduldig. Schließlich sah Felix Jochen an: „Wer hatte eigentlich die Idee, Anja mitzunehmen?" – Jochen musste nicht lang überlegen: „Genau genommen sie selbst, aber ich meine mich zu erinnern, dass du nicht abgeneigt warst." – Felix schnaubte: „Scheißidee!" – Jochen konnte sich ein Grinsen nicht verkneifen. Offensichtlich hatte Felix erneut einen Korb von Anja bekommen. Versöhnlich fasste er ihn am Oberarm: „Mensch Felix, allmählich solltest du es besser wissen." – Damit ließ er sich vom Barhocker rutschen, ging hinter den Tresen und organisierte zwei Flaschen Bier. Die eine stellte er Felix hin: „Kopf hoch, du findest schon noch den passenden Deckel!" – Felix nahm die Flasche und prostete Jochen zu: „Das sagt der Richtige.", grummelte er vor sich hin. So hatte er sich das Wochenende jedenfalls nicht vorgestellt.

Das Abendessen startete mit gefräßiger Stille. Sie hatten alle ordentlich Hunger mitgebracht und das deftige Pastagericht war genau das Richtige. Dann wurde es wieder lebhaft. Sie tauschten Erinnerungen an zurückliegende Ausfahrten aus und bald folgte eine Lachsalve der nächsten. Irgendwann klopfte Leon energisch auf den Tisch: „So Jungs, jetzt dürfen die Küchendienst machen, die sich vorhin die Finger nicht schmutzig gemacht haben. Ich gehe so lange duschen und nachher wird eine Runde gezockt." – Das Murren, das nun folgte gehörte zum Ritual. Die Jungs wussten genau, dass sich der Aufwand in Grenzen hielt und der Spaß in der Küche unvermindert weiter ging. Als Jochen mit anpacken wollte, hielt Anja ihn zurück: „Jetzt sind wirklich mal die anderen dran." – Jochen sah sie überrascht an, ließ sich aber zurück auf seinen Stuhl fallen und nach wenigen Minuten waren sie allein. Anja stand auf und ging zum Tresen hinüber. Sie nahm sich eine Flasche Cola und hielt diese fragend hoch. Jochen nickte. Mit zwei Flaschen in der

Hand kam Anja zurück an den Tisch und setzte sich übers Eck zu Jochen. Sie sahen sich einen Moment lang schweigend an. Jochen war überrascht, dass Anjas dunkle Augen nichts von ihrer magnetischen Wirkung verloren hatten. Das beginnende Kribbeln in seinem Bauch beunruhigte ihn. Er senkte den Blick und schaute auf die Flasche in seinen Händen. Anja holte tief Luft und legte los: „Ich weiß, dass es ein riesiger Fehler war, dich zu verlassen und dass ich dir damit sehr weh getan habe." – In Jochen brodelten spontan die verschiedensten Emotionen hoch, dann stieß er ein heißeres Lachen aus: „Du mich verlassen? Das habe ich aber anders in Erinnerung!" – Er konnte nicht verhindern, dass die Bilder, die er verdrängt hatte, vor seinem inneren Auge wieder hoch kamen. Er war auf einem Symposium für neue technologische Entwicklungen gewesen. Zum ersten Mal nicht nur als Teilnehmer. Er war gebeten worden, einen Vortrag über seine Arbeit zu halten. Seine Präsentation war der Höhepunkt der Veranstaltung gewesen. Eigentlich hätte er an der abschließenden Abendveranstaltung teilnehmen sollen, aber dieses Netzwerken war nicht wirklich seine Welt und außerdem wollte er nur noch nach Hause und seinen Erfolg mit seiner Freundin feiern. Er hatte auf der Heimfahrt nur kurz angehalten, um ihren Lieblingsprosecco zu kaufen, nicht zuletzt auch als Entschädigung dafür, dass er in den vergangenen Wochen wenig Zeit für sie gehabt hatte. Aber das war jetzt vorbei und sie würden alles nachholen. Jochen erinnerte sich genau an den Moment, als er den Schlüssel in die Haustür gesteckt und sich gefragt hatte, ob sie überhaupt zu Hause sein würde. Schließlich erwartete sie ihn erst morgen zurück. Aber als er die Tür aufdrückte, empfing ihn im Flur Festbeleuchtung und ein kurzer Moment der Erleichterung durchflutete ihn. Sie war da! Er betrat das Wohnzimmer, hier brannte gedämpftes Licht und auf dem Tisch standen zwei Sektgläser. Hatte sie ihn etwa erwartet? Erst jetzt fiel ihm auf, dass beide Gläser benutzt waren. Beklommen ging er ins Schlafzimmer. Der Anblick, der sich ihm bot, versetzte ihm einen Schock, der ihm den Atem verschlug. Er war wie versteinert und konnte den Blick nicht abwenden. Anja räkelte sich dort mit einem Unbekannten. Irgendwann hatte er das Gefühl, dass seine Atmung wieder einsetzte. Das „Anja", das er über seine Lippen brachte, klang selbst in seinen Ohren ziemlich piepsig und erzeugte keine Reaktion. Er konnte nicht mehr und machte auf dem Absatz kehrt. Vor der Tür stehend, nahm er alle Kraft zusammen und schmetterte die Tür ins Schloss. Für einen Moment war alles still. Dann wurde die Tür vorsichtig von innen geöffnet. Anja kam heraus, die Decke eng um sich gewickelt. Es war einfach nur peinlich. Einen Augenblick starrte sie ihn aus weit aufgerissenen Augen an, dann entfuhr ihr ein heiseres: „Was machst du denn hier?" – Jochen hätte zu gerne etwas darauf geantwortet, aber es fehlten ihm die Worte. Er machte eine abwehrende Bewegung und floh aus der Wohnung. Blind vor Tränen saß er in seinem Auto. Irgendwann hatte er den Motor gestartet und war durch die Gegend gefahren. Ihm kam es wie eine Ewigkeit vor. Aber als er wieder vor dem Haus hielt, stellte er fest, dass gerade einmal zwei Stunden vergangen waren. Die Zeit würde ja wohl gereicht haben, um die Spuren zu beseitigen, dachte er zynisch, während er zum zweiten Mal an diesem Tag die Wohnungstür aufschloss. Anja kam ihm angezogen im Flur entgegen: „Jochen, lass dir doch erklären.", begann sie. Jochen unterbrach sie unwirsch: „Da gibt es nichts zu erklären, das war an Eindeutigkeit nicht zu überbieten!" – Sie hatte ihn angefleht, dem Ganzen keine Bedeutung zuzumessen, sie würde für den Typen nichts empfinden. Als sie dann mit der Erklärung aufwartete, sie habe sich vernachlässigt gefühlt, platzte Jochen der Kragen: „Soll das heißen, dass wenn sich ausnahmsweise mal nicht alles um dich dreht, du dir die Aufmerksamkeit gleich anderswo suchst?" Jochen hatte ein paar Sachen zusammen gesucht und war bis auf weiteres ins Gästezimmer seiner Eltern gezogen. Er konnte es kaum in Worte fassen, wie sehr er bereute, Anjas Drängen nach einer gemeinsamen Wohnung nachgegeben zu haben. Die nächsten Wochen waren hart, aber für Jochen gab es kein Zurück. Anja unternahm zwei oder drei Anläufe ihn zurück zu gewinnen. Aber der Vertrauensbruch wog schwer und Jochen hatte das untrügliche Gefühl, dass Anja weniger bereute, was sie getan hatte, sondern vielmehr gekränkt war, dass er so unmissverständlich die Konsequenzen gezogen hatte. Er war froh, als er wenige Monate später erfuhr, dass sie weg gezogen war, auch wenn es schmerzte zu hören, dass es angeblich der großen Liebe wegen war. Und jetzt saßen sie hier, eine Ewigkeit später und seine Gefühle fuhren Achterbahn. Anja wusste, dass sie schwieriges Terrain betrat. Aber sie war aus keinem anderen Grund zu diesem lausigen Männerwochenende mitgegangen, als endlich die Gelegenheit zu haben, mit Jochen zu sprechen. Nach der Trennung von ihrem Freund hatte sie sich gefreut, zurück zu kommen und war sich sicher gewesen, von der Clique mit offenen Armen aufgenommen zu werden. Sie hatte unterschätzt, dass die Zeit auch hier Veränderungen mit sich gebracht hatte. Und nichts hätte das deutlicher machen können, als die Nachricht von Jochens bevorstehender Hochzeit. Sie hatte es zunächst nicht fassen können. Ausgerechnet Jochen! Dabei hatte sie sich in den Kopf gesetzt, ihn für sich zurück zu gewinnen. Anja wusste, dass sie vor Ort keine Chance hatte, sich mit Jochen allein zu verabreden, um in Ruhe mit ihm zu sprechen. Als sie zufällig von dem geplanten Männerwochenende erfuhr, empfand sie das als Wink des Schicksals. Aber jetzt musste Anja feststellen, dass sie es sich weitaus einfacher vorgestellt hatte: „Ist doch egal Jochen, wer wen verlassen hat!" – Jochen funkelte sie wütend an: „Nein, Anja, ist es nicht! Es war meine Entscheidung!" – Das lief gar nicht gut. Schnell lenkte sie ein: „OK! OK! Du bist gegangen und ich habe das bitter bereut. Lass es uns doch nochmal versuchen!" – Jochen sah sie fassungslos an: „Anja, ich bin verlobt. Ich werde in ein paar Wochen heiraten und zwar Simone und nicht dich!" – Anja ballte die Fäuste. Das war nicht das, was sie hören wollte. Sie versuchte all ihre Überzeugungskraft in einen intensiven Blick zu legen: „Wir hatten so viel Spaß zusammen, erinnerst du dich nicht mehr?" – Jochen lachte kurz auf. Anjas Definition von Spaß hieß immer in Aktion sein, immer unter Leuten, „nur" Jochen schien ihr nicht zu reichen. Es war Jochen so vorgekommen, als habe Anja einen gemütlichen Abend zu zweit bereits als ein Zugeständnis an ihn empfunden. Das war alles irgendwie OK gewesen, solange er keine Zeit gehabt hatte, darüber nachzudenken. Aber als Anja weg war, stellte Jochen fest, wie entspannt das Leben sein konnte, wenn man dem Leben nicht ständig hinterher jagte. Jochen fragte sich einen Moment, ob sich eine Antwort überhaupt lohnte. Dann erwiderte er langsam: „Anja, es war immer deine Art von Spaß. Dich hat nie wirklich interessiert, was mir wichtig ist." – Anja schluckte. Sie war sich schon länger bewusst, dass sie einiges falsch gemacht hatte. Jetzt kamen ihr die Tränen: „Ich weiß und es tut mir unendlich leid. Nur wie soll ich dir beweisen, dass ich mich geändert habe, wenn du mir keine Chance gibst." – Eine kleinlaute Anja, war eine neue, unbekannte Seite an ihr. Jochen sah sie überrascht an. Anja sah betreten zu Boden: „Irgendwann ist mir klar geworden, dass ich ein Leben auf der Überholspur führe und dass das ganz schön anstrengend ist, für mich, aber vor allem für alle anderen um mich herum." – Sie schwieg einen Augenblick, dann sah sie Jochen wieder an: „Jetzt bin ich auf der Suche nach der richtigen Mischung und habe das Gefühl, dass du genau der Richtige an meiner Seite dafür bist." – Ihr flehentlicher Blick, brachte Jochens Abwehrhaltung zum Schmelzen. Zögernd suchte er nach den richtigen Worten: „Ich finde es sehr schmeichelhaft, dass du dich jetzt wieder an mich erinnerst. Aber ich habe noch genau im Ohr, dass ich mir nach unserer Trennung mehr als einmal von dir anhören musste, dass du mich für einen schrecklichen Langweiler und Spießer hältst. Und es fällt mir schwer zu glauben, dass du dich so sehr verändert hast, dass du jetzt tatsächlich jemanden an deiner Seite haben möchtest, den du so titulierst hast." – Jochen war erleichtert, es endlich einmal ausgesprochen zu haben, denn dieser Vorwurf hatte ihn maßlos gekränkt. Ihm war bewusst, dass es eine

Frage der Perspektive war, aber derart kategorisiert zu werden, hatte lange geschmerzt. Anjas Blick wurde weich und Jochen konnte sehen, dass sie ihre Antwort sorgfältig abwog. Auch das war neu. Jochen erinnerte sich nur zu gut daran, wie oft Anja einfach gedankenlos heraus geplatzt war, mit einem unbedachten Spruch, der dann nicht mehr zurück zu nehmen war. Schließlich setzte sie zu einer Antwort an: „Das war ziemlich bescheuert von mir, so etwas zu behaupten!" – „Aber du willst damit nicht sagen, nicht genau das von mir gedacht zu haben!", widersprach ihr Jochen. Wieder überlegte Anja: „Vermutlich hast du Recht. Aber schon als wir zusammen waren, habe ich dich gerade wegen deiner ruhigen und besonnen Art geliebt. Und natürlich war auch ich nach unserer Trennung verletzt und wütend. Da überzeichnet man dann schon mal die Dinge, von denen man genau weiß, dass sie so nicht stimmen." – Jochen ließ ihre Antwort sacken. Veränderte es irgendetwas für ihn? Er wusste es nicht. Am Ende blieb Anjas Seitensprung und die nagende Frage, ob es wirklich ihr einziger gewesen war. Oder, ob es da noch mehr gab, von dem er nichts wusste? Und selbst wenn dies der Erste war, wäre der Zweite nicht nur eine Frage der Zeit gewesen? Ihre Unverfrorenheit in der Situation hatte ihn nachhaltig geschockt. Lange Zeit hatte er sich gefragt, ob er jemals wieder einer Frau vertrauen würde. Und dann hatte er Simone kennengelernt und die Frage hatte sich gar nicht erst gestellt. Ein warmes Gefühl durchflutete ihn. Es passte alles, genau so wie es war: Er liebte Simone und er freute sich auf die bevorstehende Hochzeit mit ihr und den Wunsch nach Beständigkeit, den sie beiden damit besiegelten. Er wandte sich wieder Anja zu: „Wir hatten unsere Chance und wir haben sie nicht genutzt." – Anja holte tief Luft und wollte gerade etwas erwidern, als die Tür zur Küche aufging und die Jungs den Küchendienst lautstark für beendet erklärten. Unter den verdutzten Blicken der Jungs, verließ Anja wortlos den Raum. Auf die fragenden Blicke seiner Freunde antwortete Jochen mit einem ratlosen Achselzucken. Dann stand auch er auf, allerdings nur um die Spielkarten zu holen, um die Zockerrunde zu eröffnen.

Es wurde ein ausgelassener Abend, ohne Anja, die von der Bildfläche verschwunden blieb. Irgendwann stellte Jochen fest, dass er sie nicht das kleinste Bisschen vermisste. Aus seiner Sicht war ohnehin alles gesagt. Umso mehr genoss er den Abend unter richtigen Kerlen. Selbst Felix hatte sich scheinbar von der Abfuhr erholt und mischte bester Laune mit. Jochen ging erst ins Bett, als er zum Umfallen müde war. Sein letzter Gedanke galt Simone.

Ihm gefiel, was die Hand unterhalb von seinem Bauch veranstaltete: „Simone!", murmelte er genüsslich. Allmählich sickerte in sein Bewusstsein ein, dass irgendetwas nicht stimmte. Schlagartig war er hellwach und setzte sich ruckartig auf: „Autsch, verdammt pass doch auf!" – Die Stimme kannte er nur allzu gut: „Anja, was machst du hier? Hey, was soll das?" – Jochen war empört. Jetzt versuchte Anjas Hand, sein Gesicht zu streicheln, kam aber nicht weit: „Hör sofort auf!" – Jochen erwischte Anjas Handgelenk und umschloss es unsanft. Aber Anja gab nicht auf. Für sie stand zu viel auf dem Spiel: „Jochen, warum können wir nicht einfach an die guten alten Zeiten anknüpfen?" – Jochen meinte sich verhört zu haben. Er konnte sich nicht daran erinnern, Anja in ihrem

Gespräch auch nur den geringsten Anlass gegeben zu haben, sich Hoffnung zu machen. Er war müde und genervt: „Raus hier und zwar sofort!", seine Stimme klang hart und kalt. Anja zögerte einen kurzen Augenblick. Sie wollte sich nicht geschlagen geben, aber das schien definitiv kein guter Moment zu sein, um das zu besprechen. Ganz langsam und mit viel Körperkontakt, kletterte sie erst über Jochen hinweg und dann aus dem Bett. Jochen musste sich zusammenreißen, um nicht handgreiflich zu werden, damit sie ihren Abgang beschleunigte. Als sich die Tür endlich hinter Anja schloss, ließ er sich zurück fallen. Erleichtert stieß er einen tiefen Seufzer aus, drehte sich um und schlief wieder ein. Anja blieb noch einen Moment mit der Türklinke in der Hand stehen. Gerade als sie sich zum Gehen wenden wollte, die zusammengerafften Kleidungsstücke in einem wilden Durcheinander an die Brust gedrückt, ging eine andere Tür auf: Felix trat in den Flur. Beide sahen sich im Halbdunkel schweigend an. Dann drehte Anja sich um und ging über den kurzen Flur zu ihrem Zimmer.

Jochen erwachte am nächsten Morgen und fühlte sich wie gerädert. Die nächtliche Episode fiel ihm wieder ein. Er würde sich heute in jedem Fall von Anja fern halten. Er hatte keine Lust auf weitere Komplikationen. Die anderen saßen schon beim Frühstück. Jochen zog sich wortkarg einen Stuhl heran und schenkte sich eine Tasse Kaffee ein. Felix beobachtete jeden seiner Handgriffe genau: „Die Nacht war wohl anstrengend!" – Jochen verstand nicht: „Nicht anstrengender als eure. Ich glaube, das letzte Bier war schlecht!" – Die anderen lachten zustimmend, nur Felix sah ihn scharf an. Anja saß am anderen Ende des

Tisches und hielt sich aus dem Geplänkel raus. Auch Leon schien an diesem Morgen angeschlagen, aber schließlich übernahm er die gewohnte Rolle des Antreibers. Sie würden zunächst ihre Sachen packen und in der Hütte klar Schiff machen. Nach dem Skifahren wollten sie ihr Gepäck nur noch einsammeln und dann mit den Skiern direkt bis zu ihren Autos abfahren. Jeder bekam seinen Part zugeteilt und die Gruppe beendete das Frühstück.

Jochen war erleichtert, als Leon die Hütte abschloss und es in Richtung Piste losgehen konnte. Anja hatte beim Aufräumen immer wieder seine Nähe gesucht und Jochen hatte alle Mühe gehabt, darauf zu achten, dass sie nie zu zweit alleine waren.

Das Wetter war fantastisch: Blauer Himmel, Sonnenschein und beste Schneeverhältnisse. Jochen ließ seine Skier laufen. Das Skigebiet war überschaubar und es gab etablierte Wartepunkte. Am nächsten würde er den Ausblick genießen und auf die anderen warten. Die Sicht war sensationell und man hatte einen wunderschönen Blick auf die gegenüberliegende Bergkette. Jochen hörte, wie von hinten jemand schwungvoll ankam. Anja hielt dicht neben ihm und ließ den Schnee beim Bremsen stäuben. Dann legte sie Jochen vertraut den Arm um die Schulter: „So schnell gebe ich nicht auf!", zischte sie ihm ins Ohr. Mit einem Blick nach hinten sah sie die anderen kommen, daraufhin stieß sie sich kräftig ab und fuhr weiter, ohne auf die anderen zu warten. Als sie vollzählig waren, wollte Jochen weiter, aber Tobias hielt ihn am Arm zurück und so ließ er die anderen ziehen. Tobias musterte Jochen fragend: „Du spielst nicht etwa mit dem Feuer?" – Jochen merkte, dass sein Adrenalinspiegel stieg: „Ich?", fragte er gereizt zurück. Tobias zögerte: „Du hängst schon das ganze Wochenende mit Anja zusammen!" – Jochen war verblüfft: „Wie kommst du denn da drauf?" – Jetzt war es an Tobias überrascht zu sein: „Gleich am ersten Abend verschwindet ihr, gestern redet ihr zwei ewig und als wir anderen kommen, empfindet Anja uns offensichtlich als störend und verzieht sich und heute Morgen seid ihr auch ständig umeinander herum geschwänzelt." – Jochen war erstaunt, dass man die Ereignisse auch so interpretieren konnte. Trotzdem verletzte es ihn, dass ausgerechnet Tobias ihm unterstellte, dass da etwas zwischen Anja und ihm lief. Bei jedem anderen hätte er sauer reagiert, aber bei Tobias wusste er, dass dieser sich ernsthaft Gedanken machte. Aber das ließ sich nicht hier mitten auf der Piste klären, daher schlug er vor: „Einkehrschwung?" – Tobias stimmte zu.

Die anderen hatten beschlossen, erst nach einer weiteren Talabfahrt zu ihnen zu stoßen und so saßen sich Tobias und Jochen allein auf der Terrasse einer Hütte gegenüber. Jochen wusste nicht so richtig, wie er anfangen sollte und drehte das Glas in seiner Hand. Schließlich sah er auf und platzte heraus: „Anja will immer noch was von mir!" – Tobias war nicht sonderlich überrascht: „Das wundert mich nicht." – Jochen sah ihn fragend an. – „Dass du sie damals so konsequent abserviert hast, hat sie nicht verwunden. Und jetzt sieht es so aus, als hätte zur Abwechslung sie ihre große Liebe in Flagranti erwischt. Das tut sicher doppelt weh! Und dass jemand eigentlich in festen Händen ist, war für Anja bekanntlich noch nie ein Hinderungsgrund. Im Gegenteil, das hat sie schon immer eher zusätzlich angespornt. Aber ich verstehe nicht, weshalb du ihr nicht aus dem Weg gehst, gerade weil du weißt, wie sie ist." – Jochen schnaubte verächtlich: „Das ist einfacher gesagt als getan: Am ersten Abend ist sie mir gefolgt, als ich mit Simone telefonieren wollte. Zu dem Zeitpunkt bin ich noch gar nicht auf die Idee gekommen, dass sie was von mir wollen könnte. Schließlich habe ich sie nicht eingeladen, sich uns anzuschließen." – Jochen bedachte sein Gegenüber mit einem vielsagenden Blick. Tobias hielt abwehrend die Hände hoch: „Du hast ja Recht. Das war keine gute Idee." – „Allerdings. Und gestern hat sie mir während eures Küchendienstes eröffnet, dass sie gerne eine zweite Chance hätte und ich dachte, ich hätte ihr in aller Deutlichkeit klar gemacht, dass es die nicht geben wird. Genau in dem Moment seid ihr gekommen und habt mich vor weiteren Diskussionen bewahrt. Natürlich habe ich gemerkt, dass sie das nicht so ohne weiteres akzeptiert, deshalb ist sie beleidigt abgerückt als ihr kamt. Und tatsächlich, sie will es einfach nicht verstehen. Ich weiß schon gar nicht mehr, was ich noch machen soll.", Jochen merkte, dass er allmählich wirklich verzweifelt war. Anjas nächtlicher Überraschungsbesuch war das Eine, aber ihre Ankündigung auf der Piste hatte schon fast etwas Bedrohliches. Weshalb konnte sie ihn nicht einfach in Ruhe lassen. Sie vereinbarten, dass Tobias nicht mehr von Jochens Seite wich, damit er wenigstens den Rest des Tages vor ihren Annäherungsversuchen sicher war.

Simone hatte das ganze Wochenende vergeblich auf einen weiteren Anruf von Jochen gewartet. Sie hatte es selbst ein paar Mal versucht. Aber entweder war die Verbindung tatsächlich so schlecht, dass die Jungs dort keinen Empfang hatten oder Jochen hatte sein Handy einfach ausgeschaltet. Simone war weiter genervt und sauer auf sich selbst, dass sie den Anruf von Jochen verpasst hatte, aber auch auf Jochen, dass er es nicht nochmal versucht hatte oder zumindest dafür sorgte, dass sie ihn erreichen konnte. Sie wusste nicht, was sie denken sollte. Dass Anja mit von der Partie war an diesem Wochenende, führte nicht gerade dazu, dass Simone sich besser fühlte. Sie versuchte krampfhaft sich abzulenken. Am Samstagabend war sie mit den Mädels der Clique im City verabredet. Sie hatte sich auf einen entspannten Abend mit leckeren Cocktails gefreut und musste überrascht feststellen, dass die anderen Mädels in der Runde, ebenfalls alles andere als begeistert waren, dass Anja mit ihren Jungs auf Tour war. Es gab wilde Mutmaßungen, dass Anja es bereits in der Vergangenheit nicht so ernst mit der Treue genommen hatte und keine Gelegenheit anbrennen ließ. Was ein lockerer Abend hätte werden sollen, wurde für Simone zur Tortur. Die Mädels waren sich einig, dass Felix keine Chance hatte, dieses Mal bei Anja zu landen und hielten Jochen für schwer gefährdet. Die diffusen Überlegungen und das wabernde Mitgefühl der anderen verunsicherten Simone weiter. Schließlich floh sie nach Hause. Petra, die merkte in was für einer Stimmung sich Simone befand, begleitete sie und versuchte sie zu beruhigen: „Warum solltest du Jochen nicht vertrauen können? Er hat seine Lektion mit Anja gelernt. Er müsste völlig bescheuert sein, sich ausgerechnet mit ihr auf etwas einzulassen." – Simone hätte ihrer Freundin nur allzu gerne geglaubt. Aber sie wusste langsam selber nicht mehr, was sie glauben sollte.

Jochens Reaktion auf die erste Begegnung mit Anja hatte ihr nicht das Gefühl gegeben, dass Jochen das Kapitel Anja endgültig abgeschlossen hatte. Das hatte er sich vielleicht gewünscht. Je mehr Simone von Anja erfuhr, umso deutlicher wurde, wie unterschiedlich sie beide waren. Anjas wilder Haarschopf stand für ihre draufgängerische Persönlichkeit, während sie das genaue Gegenteil von Anja zu sein schien. Aber was wollte Jochen? Selbst wenn es nicht Anja war, die er wollte, war sie denn trotzdem die Richtige für ihn?

Ursprünglich hatte sie sich auf einen richtigen Faulenzersonntag gefreut. Als sie aber morgens um sieben schon hellwach war, wusste sie sofort, dass es keine gute Idee war, sich zu Hause zu verkriechen. Sie wäre ein Nervenbündel bis Jochen abends nach Hause käme. Keine guten Voraussetzungen für ein harmonisches Wiedersehen. Deshalb war sie überglücklich, als Claudia sich zu einem spontanen Thermenbesuch in Beuren bereit erklärte.

Claudia merkte sofort, dass ihre Freundin etwas auf dem Herzen hatte, ließ ihr aber Zeit zum Ankommen. Als sie dann bei strahlendem Sonnenschein im Quelltopf saßen, forderte sie Simone ohne Umschweife auf: „Dann schieß mal los!" – Simone sah ihre Freundin verblüfft an und musste lachen. Genau das machte Claudia aus, sie hatte ein untrügliches Gespür dafür, wenn etwas im Busche war und mit ihr konnte sie auch, anders als mit Petra, offen über Lukas sprechen. Claudia hörte Simone aufmerksam zu. Es überraschte sie nicht, dass Lukas Liebe zu Simone neu aufgeflammt war. Sie hatte beim Ehemaligentreffen sehr wohl bemerkt, dass er seine Augen nicht von ihr abwenden konnte und genau gespürt, dass nur seine Höflichkeit ihn zwang, sich auf das Gespräch mit ihr zu konzentrieren. Die Mühe, die ihn das kostete, hatte sie geschmerzt. Und jetzt tauchte auch diese Anja wieder auf. Damit schien das Chaos vorprogrammiert. Sie konnte verstehen, dass Simone zutiefst verunsichert war. Auch wenn sie sich nicht vorstellen konnte, dass sie bei Jochen tatsächlich Grund hatte, eifersüchtig zu sein. Aber wer wusste das schon und so gut kannte sie Jochen nicht. Fieberhaft überlegte sie, welche Haltung sie zu der ganzen Situation einnehmen sollte. Simone würde gleich ihre Meinung hören wollen und so war es einen Moment lang still, nachdem Simone ihre Schilderung beendet hatte. In sich gekehrt, ließ sie ihre Hand im warmen Wasser hin und her gleiten. Schließlich schaufelte sie Wasser in Claudias Richtung: „Und jetzt?", fragend blickte sie ihre Freundin an. Claudia machte keinen Hehl aus ihrer eigenen Ratlosigkeit: „Schwierig. Aber was denkst du? Das ist doch das Wichtigste.", spielte sie den Ball deshalb gleich wieder zurück. Simone überlegte einen weiteren schweigsamen Augenblick lang. Es war angenehm, dass Claudia sie nicht mit gut gemeinten Ratschlägen überschüttete. Im Erzählen war eine gewisse Ruhe über sie gekommen. Ja, sie mochte Lukas, aber eben als Freund. Als Mann hatte er sie nie gereizt. Weshalb, konnte sie selber nicht genau sagen, aber dass es so war, da war sie sich sicher. Und noch sicherer war sie sich, dass sie Jochen liebte. Was blieb, war die Verunsicherung, was Jochen noch oder wieder für Anja empfand. Dass er nach dem ersten Aufeinandertreffen irritiert gewesen war, war nicht von der Hand zu weisen. Aber was hatte das schon zu bedeuten? Claudia holte sie aus ihren Gedanken: „Was überlegst du?" – Simone holte tief Luft: „Ach, es ist diese Anja, die mir zu schaffen macht!" – „Das kann ich gut verstehen. Aber meinst du nicht, nach allem was damals vorgefallen ist, dass Jochen gründlich von ihr geheilt ist?" – Simone brauchte einen Moment, aber dann sprach sie ihre tiefste Befürchtung aus: „Es muss ihn damals unheimlich gekränkt haben. Dass sie jetzt wieder um ihn herum schwänzelt, ist vermutlich der reinste Balsam für sein angekratztes Ego. Außerdem habe ich von den anderen Mädels gehört, dass Anjas fatale Wirkung auf das männliche Geschlecht allseits gefürchtet ist." – Claudia dachte einen Moment lang nach: „Also gut, nehmen wir nur für einen kurzen Augenblick an, er fühlt sich geschmeichelt. Dann ist das allein doch schon der Erfolg. Wieso sollte er ein Risiko eingehen? Er hat sich für dich entschieden. Und sei mir nicht böse, aber das war nicht gerade eine übereilte Entscheidung, sondern eine, die er ganz bewusst getroffen hat. Weshalb sollte er also nach all den schlechten Erfahrungen mit Anja zu ihr zurück?" – Simone ließ Claudias Worte sacken. Sie wollte zu gerne glauben, was ihre Freundin sagte, aber ein leises Unbehagen blieb: „Und wie verhalte ich mich, wenn er heute Abend vom Skifahren zurück kommt?" – Claudia rollte mit den Augen: „Mensch Simone, wie wohl? Verführerisch und ganz zärtlich. Die Krallen bleiben schön eingefahren. Sollte es etwas zu beichten geben, muss er von selbst damit raus rücken. Aber das glaube ich einfach nicht und du solltest ihm keinen Anlass geben, dass er womöglich bereut, Chancen am Wochenende ungenutzt gelassen zu haben!" – Simone lächelte erleichtert. Innerlich hatte sie sich schon auf Konfrontation eingestellt.

Aber Claudia hatte Recht. Mit einer solchen Haltung konnte sie nur verlieren. Er sollte ruhig merken, was er an ihr hatte. Und noch eine Frage beschäftigte Simone: „Und was mache ich jetzt mit Lukas? Ich bin mir keineswegs sicher, dass er die letzte Abfuhr akzeptiert hat und ehrlich gesagt, möchte ich nicht riskieren, dass er nochmal vor unserer Haustür steht." – Dieses Mal musste Claudia nicht lange überlegen: „Das übernehme ich!" – Simone musterte ihre Freundin überrascht: „Wieso?" – Claudia schluckte: „Ich finde, er hat einfach verdient, dass man ihn fair behandelt!" – Simone spürte, wie erneut alles in ihr in Wallung geriet: „Willst du damit sagen, ich hätte mich ihm gegenüber unfair verhalten?" – Abwehrend hielt Claudia beide Hände hoch: „Ganz und gar nicht! Du hast deinen Standpunkt deutlich vertreten und ihm keinerlei falsche Hoffnungen gemacht. Die hat er sich selber gemacht. Und trotzdem tut er mir leid, dass er zum zweiten Mal derart tief enttäuscht wurde. Ich glaube einfach, dass es ihm hilft, nochmal darüber zu reden." – Das leuchtete Simone ein, deshalb stimmte sie ihr erleichtert zu: „Ich bin dir wirklich dankbar, dass du das übernimmst. Jedes Mal, wenn ich mit ihm rede, wird das Schlamassel nur noch größer!" – Spontan nahm sie ihre Freundin in den Arm. Diese Freundschaft bedeutete ihr so viel.

Die Beiden genossen ihre Auszeit in der Therme in vollen Zügen. Als Simone am späten Nachmittag die Wohnungstür aufschloss, fühlte sie sich vollkommen entspannt. Sie hatte ausgiebig geduscht, ihre Haare mit einer Spülung verwöhnt und eine verführerisch duftende Bodylotion verwendet. Zufrieden betrachtete sie ihr strahlendes Gesicht im Spiegel. Sie fühlte sich gewappnet und würde sich Jochen von ihrer Schokoladenseite präsentieren. Bewusst entschied sie, dies nicht provokant zu tun. Sie hatte mit Spitze besetzte Dessous gewählt, trug darüber aber eine bequeme Jogginghose und einen ihrer Kuschelpullover. Die Konturen der Spitze zeichneten sich leicht ab. Jochen würde sofort merken, was sich unter der Verpackung verbarg. Sie verkürzte sich die Wartezeit, indem sie noch einen kleinen Imbiss für sie beiden herrichtete. Die Nascherei beim Zubereiten vertrieb ihren eigenen Anflug von Hunger.

Tobias und Jochen waren den ganzen Tag gemeinsam gefahren. Tobias hatte weder Jochen noch Anja aus den Augen gelassen. Dabei war er nicht der Einzige. Auch Felix beobachtete die beiden argwöhnisch und wunderte sich, dass die beiden Freunde den ganzen Tag über zusammen hingen. Jochen hatte versucht, jeglichen Gedanken an Anja aus seinem Kopf zu verbannen. Am besten gelang dies, wenn er gemeinsam mit Tobias eine Abfahrt nach der anderen hinunter jagte. Auch die Pause zum Mittagessen hatten sie kurz gehalten und waren nicht nur zu Leons Verwunderung gleich wieder zurück auf die Piste gegangen. Entsprechend ausgepumpt erreichte Jochen am Nachmittag den Parkplatz, auf dem sie am Freitag die Autos abgestellt hatten: „Das hat gut getan!", grinste er Tobias an. Einen kurzen Moment standen sie alle gemeinsam um die Autos herum. Leon und Tobias hatten ihre Wagen zur Verfügung gestellt und waren gefahren. Sie beschlossen, sich auf der Rückfahrt wieder so aufzuteilen wie bei der Herfahrt und so verabschiedeten sich Tobias und Jochen gemeinsam mit Fabian von den anderen. Anja ließ es sich nicht nehmen, Tobias und Fabian flüchtig in den Arm zu nehmen und ihnen einen Kuss auf die Wange zu hauchen. Als sie auf Jochen zuging, machte dieser instinktiv einen Schritt rückwärts und hob zum Abschied nur die Hand, bevor er ins Fahrzeug flüchtete. Anjas giftigen Blick nahm er in der Hektik seines Abgangs nicht wahr. Er ließ sich in den Sitz sinken und schnallte sich aufseufzend an. Der abrupte Aufbruch schien Fabian nicht aufgefallen zu sein und Tobias vermied es, das Thema anzuschneiden. Fabian nutze die Rückfahrt, um Jochen nach Einzelheiten der Hochzeit auszuquetschen. Erst jetzt fiel Jochen auf, dass darüber am Wochenende nicht gesprochen worden war, also gab es umso mehr zu erzählen. Und Jochen berichtete nur zu gerne von ihren Hochzeitsplänen und so kamen sie bester Laune wieder zu Hause an.

Jochen steckte den Schlüssel ins Schloss und ein ungutes Gefühl beschlich ihn. Das Licht im Flur war aus und aus der angelehnten Wohnzimmertür strömte gedämpftes Licht. Sein Magen verknotete sich. Unendlich langsam und leise stellte er sein Gepäck ab und ging zögernd auf die Wohnzimmertür zu. Als er die Tür vorsichtig weiter aufmachte, erstarrte er. Auf dem Tisch standen zwei Sektgläser und im Sektkübel stand eine Flasche Sekt. Als er noch einmal genauer hinsah, fiel ihm vor Erleichterung eine ganze Geröllhalde an Steinen vom Herzen. Simone war auf dem Sofa in eine Decke eingekuschelt eingeschlafen. Eine Locke ihres langen Haares hatte sich gelöst und umrahmte ihr Gesicht. Mit einem Mal fragte er sich, wie er auch nur für einen Augenblick an die Situation von damals hatte denken können. Das hier war Simone und nicht Anja. Die zwei Sektgläser waren natürlich unbenutzt und die Flasche im Sektkübel wartete nur darauf, von ihm geöffnet zu werden. Die liebevoll gerichteten Häppchen weckten sein Bewusstsein, dass er seit dem Mittagsessen nichts mehr gegessen hatte. Die Jungs hätten auf der Heimfahrt gerne noch einen Einkehrschwung gemacht, aber er hatte sie überredet durch zu fahren. Er wollte auf dem schnellsten Weg nach Hause zu Simone und für seinen Geschmack hatte die Rückfahrt ohnehin viel zu lange gedauert. Vorsichtig kniete er sich neben dem Sofa hin und strich sanft die Locke zur Seite, bevor er ihr Gesicht zärtlich streichelte. Simone fuhr erschrocken hoch: „Du bist ja schon da!" – Jochen lachte und setzte sich zu ihr aufs Sofa und zog sie an sich: „Schon, ist wohl etwas übertrieben. Aber ja, ich bin wieder da!" – Simone strahlte und kuschelte sich noch ein wenig schlaftrunken an ihn hin. Genau so fühlte es sich gut an. Mit einem Mal merkte sie, dass sie eigentlich gar nicht wissen wollte, wie das Wochenende verlaufen war. Sie wollte viel lieber diese Harmonie und stille Zweisamkeit genießen.

Anja blickte nachdenklich zum Fenster hinaus. Dieser Montag war so trüb wie ihre eigene Stimmung. Das Wochenende mit den Jungs war rückblickend der absolute Reinfall gewesen. Sie hatte nicht damit gerechnet, dass Jochen es ihr leicht machen würde. Aber die Deutlichkeit seiner Abfuhr hatte sie geschockt. Wütend biss sie auf ihre Unterlippe und wischte mit einer ungeduldigen Handbewegung die Träne weg, die sich ungefragt aus ihrem Auge gestohlen hatte. Sie hatte teuer für ihren Fehltritt vor Jahren bezahlt. Ja, sie hatte mit dem Feuer gespielt. Es hatte angefangen zu perfekt zu werden, zwischen ihr und Jochen. Diese Entwicklung hatte begonnen, ihr Angst zu machen. Sie war hin und her gerissen, zwischen dieser nie zuvor gekannten Vertrautheit und Geborgenheit und dem Gefühl, in der Enge der Beziehung zu ersticken. Irgendetwas hatte in ihr das Bedürfnis geweckt, auszubrechen. Vermutlich wäre sie heute längst Jochens Frau, wenn sie es nicht derart vermasselt hätte. Im nach hinein hatte sie nicht verstanden, welcher Teufel sie an jenem Abend geritten hatte. Alles hatte sich ganz harmlos entwickelt. Sie war spontan mit ein paar Kollegen nach der Arbeit etwas Trinken gegangen. Das war nichts Besonderes und dass Peter, einer der Kollegen auf sie stand, wusste sie auch. Sie genoss seine unverhohlene Bewunderung, aber mehr als flirten war bei ihr nicht drin. Warum sie ausgerechnet an diesem Abend die Kontrolle verloren hatte, wusste sie hinterher selbst nicht mehr. Irgendwann, als alle anderen längst gegangen waren, war sie allein mit Peter in der Bar zurück geblieben und die Distanz zwischen ihnen schwand mit jedem Cocktail ein bisschen mehr. Zu Beginn des Abends hätte sie nicht im Traum vorstellen können, dass sie gegen später mit Peter im Bett landen würde. Noch immer wurde ihr schummrig, wenn sie an den Moment dachte, als sie realisierte, dass Jochen im Zimmer stand. Nie zuvor hatte sie sich so sehr gewünscht, die Zeit zurück drehen zu können. Jochen hatte mit ungeahnter, aber vor allem mit unerbittlicher Konsequenz reagiert und ihr keinerlei Gelegenheit gegeben, zu erklären, was sie eigentlich selbst nicht verstand. Das war das Einzige, das sie ihm wirklich vorwarf. Hatte nicht jeder eine zweite Chance verdient? Aber jeden ihrer Versuche hatte Jochen ins Leere laufen lassen. Es war so erniedrigend gewesen und irgendwann hatte sie die Reißleine gezogen. Das war sie sich selber und ihrem mittlerweile angekratzten Selbstwertgefühl schuldig. Um etwas Distanz zwischen sich und Jochen zu schaffen, war sie nach Stuttgart gezogen. Sie wusste, dass ihr gemeinsamer Freundeskreis wenig Verständnis für ihre Aktion aufbrachte und hielt sich fern. An die Zeit, die für sie folgte, wollte sie lieber nicht zurück denken. Es war die schlimmste Durststrecke ihres Lebens. Als sie schließlich Marc kennenlernte, erschien ihr das wie ein Geschenk. Sie hatte das Gefühl, nach einem Sturm auf offener See endlich wieder einen sicheren Hafen erreicht zu haben und so war sie ihm spontan nach Hamburg gefolgt, als er dort ein Jobangebot annahm. Zunächst ließ sich alles gut an. Sie hatte selber sofort eine interessante Stelle gefunden, schon deshalb hatte sich der Umzug gelohnt. Die Kollegen waren nett und Hamburg war eine Stadt, die man einfach lieben musste. Auch mit Marc schwebte sie zunächst auf Wolke Sieben. Die Beziehung mit Jochen rückte in weite Ferne. Aber irgendwann begann Marc, sein zunehmender beruflicher Erfolg zu Kopf zu steigen. Er fing an, ihr das Gefühl zu geben, dass sie nicht mit ihm mithalten und ihm nicht das geben konnte, was er erwartete. Zunächst versuchte Anja, ihm seine Wünsche von den Augen abzulesen. Aber trotz all ihrer Bemühungen kühlte ihre Beziehung zusehends ab. Anja begann sich einsam zu fühlen, aber sie traute sich nicht, Konsequenzen zu ziehen, dazu kam sie sich noch zu fremd im neuen Umfeld vor und die Phase der Einsamkeit und des Alleinseins in Stuttgart wurde plötzlich wieder zu einem greifbaren Schreckgespenst. Da war es einfacher, die

Augen vor der Realität zu verschließen und zu hoffen, dass sich die Beziehung zwischen ihr und Marc wieder einrenken würde. Dieser Illusion wurde sie jäh beraubt, als sie eines Tages früher nach Hause kam. Ironie des Schicksals, dass sie es war, die in der Schlafzimmertür stehend, sah, was Jochen gesehen hatte. Sie war fassungslos. Aber anders als Jochen hatte sie ihre Wut, mitten im Zimmer stehend, heraus geschrien. Marc hatte sie einen Moment lang mit wachsender Irritation angesehen und als er schließlich etwas sagte, hatte sie das Gefühl, jemand würde einen Eimer eiskaltes Wasser über ihr ausschütten: „Was soll das Theater? Jetzt stell dich nicht so an! Zwischen uns läuft es doch schon länger nicht mehr rund." – Das war sein vernichtendes Fazit zu ihrer Beziehung. Anja hatte ein paar Sachen gepackt und war die ersten Tage bei einer Kollegin untergekommen. Noch am selben Abend hatte sie angefangen, im Internet nach einem neuen Job zurück im Süden Ausschau zu halten. Als erfahrene Vertriebsassistentin hatte sie gute Chancen am Markt und es dauerte genau zwei Wochen bevor sie eine Zusage hatte. Es kam ihr paradox vor, dass ihr der Ausflug in die Hansestadt als Pluspunkt und Zeichen von Flexibilität angerechnet wurde. Nach den Erfahrungen in Hamburg hatte es sie ganz bewusst zurück in die alte Heimat gezogen. Ihre Eltern wohnten hier, sie hatte lose Kontakt zu Einzelnen aus der Clique gehalten und hoffte, dass mittlerweile Gras über ihren Fehltritt gewachsen war und sie wieder ihren alten Platz in der Clique würde einnehmen können. Daher hatte sie sich auch so riesig auf das erste Treffen mit Carola und Maya im City gefreut. Vor allem war sie gespannt auf die Neuigkeiten. Sie hatte lange um den heißen Brei herum geredet, bis sie endlich den Namen ins Spiel brachte, der sie am allermeisten interessierte. So beiläufig wie möglich hatte sie schließlich nach Jochen gefragt. Die mitleidigen Blicke ihrer Freundinnen konnte sie im ersten Moment nicht deuten. Die beiden sahen sich verstohlen an. Schließlich hakte Maya vorsichtig nach: „Hast du es noch nicht mitbekommen?" – Alles Mögliche schoss Anja durch den Kopf: War Jochen womöglich weg gezogen, gerade jetzt, als sie zurück kam und auf einen Neuanfang mit ihm hoffte. Aber die Wahrheit war schlimmer und ein unerwarteter Schlag in die Magengrube: „Jochen und Simone heiraten!" – Der Name Simone sagte ihr nichts. Sie musste fragend dreingeschaut haben, denn sofort wurde eine ausführliche Erklärung nach geschoben. Anja schloss die Augen. Sie konnte es nicht fassen. Sie war doch nicht zurück gekommen, nur um zu erfahren, dass ihre große Liebe weiter gezogen war. Noch an dem Abend beschloss sie, um Jochen zu kämpfen. Als Carola erzählte, dass die Jungs ein Männerwochenende planten, wusste sie sofort was sie tun würde. Aufgeben war nicht ihr Ding. Aber dieses vermaledeite Wochenende war zu einem einzigen Fiasko ausgeartet. Sie war keinen Schritt weiter gekommen. Im Gegenteil, sie hatte den Eindruck, dass Jochen sich davor fürchtete, dass sie seine Beziehung gefährden könnte und deshalb so deutlich auf Abstand gegangen war. Aber bedeutete das nicht, dass er sich seiner Sache nicht so sicher war, wie er nach außen vorgab? Auf jeden Fall würde sie sich nicht so schnell abwimmeln lassen. Allerdings war es vermutlich das Beste, nicht sofort den nächsten Vorstoß zu wagen. Sollte er ruhig glauben, sie habe seine Abfuhr akzeptiert.

Jochen zog sein Handy aus der Skijacke und stellte erstaunt fest, dass es ausgeschaltet war. Dann fiel ihm wieder ein, dass er es aus lauter Frust, Simone nicht erreicht zu haben, noch am ersten Abend einfach ausgemacht hatte. Jetzt blinkten die entgangenen Anrufe von Simone auf. Mist, daran, dass sie vielleicht versuchen könnte, ihn zu erreichen, hatte er gar nicht gedacht. Gestern als er nach Hause gekommen war, war er erleichtert gewesen, dass sie ihn nicht nach Einzelheiten löcherte. Er hätte nicht gewusst, was er ihr erzählen sollte. Genau genommen war nicht wirklich etwas passiert, wozu sollte er Simone unnötig beunruhigen? Stattdessen hatte er ihre vertraute Zweisamkeit genossen und sich verwöhnen lassen.

Nachdenklich blickte er auf sein Handy. Hoffentlich hielt sich Anja von ihnen fern. Allein der Gedanke an die Situation auf der Piste trieb ihm erneut die Schweißperlen ins Gesicht und ihre drohenden Worte hallten noch nach. Ein ungutes Gefühl beschlich ihn. Er würde Acht geben müssen, damit er nicht in etwas hineingeriet, dass seine Beziehung zu Simone in Gefahr brachte. Aber vor allem wurde es höchste Zeit, sich intensiv in die letzten Hochzeitsvorbereitungen zu stürzen. Noch immer hatten sie keine Ringe. Das hatte jetzt absolute Priorität. Lächelnd erinnerte er sich an den Sonntagmorgen im Bett, als sie sich in dem Prospekt des Goldschmiedes, den er in Esslingen ausgemacht hatte, die Ringe angesehen hatten. Noch hatte er Simone nicht verraten, dass der Goldschmied Ringe nach individuellen Kundenwünschen fertigte. Er hatte beschlossen, dass das genau das Richtige für Simone und ihn war. Er würde am Freitagabend schön für sie beiden kochen und anschließend würden sie ihre ganz persönlichen Ringe entwerfen. Mit ihrem Vorentwurf würden sie dann am Samstag zu dem Goldschmied nach Esslingen gehen. Wenn das kein guter Plan war! Seine Vorfreude hatte das ungute Gefühl verdrängt. Beschwingt steckte er sein Handy ein und startete voller Tatendrang in die neue Woche.

Simone war Claudia unendlich dankbar für ihren Tipp, Jochen nicht auf das Wochenende anzusprechen. Jochen verspürte offensichtlich keine große Lust, von sich aus ausführlich darüber zu berichten und so hatte sie seine dürftigen Ausführungen kommentarlos zur Kenntnis genommen und das Wochenende abgehakt. Sie hatte einen Moment lang überlegt, ob sie von der Begegnung mit Lukas im City erzählen sollte, sich aber spontan dagegen entschieden. Womöglich hätte Jochen nicht verstanden, was es da noch zwischen Lukas und ihr zu klären gab. Ohnehin war Lukas bei Claudia in den besten Händen und sie war sich sicher, dass ihre Freundin, die Situation mit viel Fingerspitzengefühl endgültig klären würde. Plötzlich fiel ihr ein, dass sie nicht vergessen durfte, Philipp die Abokarten zurück zu geben. Bevor sie das vergaß, griff sie zum Handy. Aber am anderen Ende meldete sich nur die Mailbox und es blieb ihr nichts anderes übrig, als Philipp eine Nachricht zu hinterlassen.

Claudia streckte zögernd ihre Hand nach dem Telefon aus. Als sie Simone gestern beim Baden spontan das Versprechen gegeben hatte, Kontakt zu Lukas aufzunehmen, hatte sie ihre Eingebung für eine großartige Idee gehalten. In dem Moment konnte sie gar nicht anders, war es doch der perfekte Vorwand, sich bei Lukas zu melden. Simone ahnte vermutlich nicht einmal, dass ihr

Angebot, die finale Klärung für sie zu übernehmen, keineswegs so selbstlos war, wie es auf den ersten Blick erschien. Simone hatte mit Jochen ihren Traummann gefunden. Ihr Traumprinz aber hieß Lukas. Leider schien sie für Lukas seit Jahren Luft zu sein. Er hatte immer nur Augen für Simone gehabt. Es war wie verhext. Dabei hatte sie sich so gefreut, als er sich zum Ehemaligentreffen angemeldet hatte. Ihr Plan war es gewesen, dort das Terrain zu sondieren und zu schauen, ob sie vielleicht nach all der Zeit eine Chance hatte, bei ihm zu landen. Aber es schien, als wirke Simones Zauber unvermindert weiter. Obwohl auch für ihn schnell klar sein musste, dass Simone vergeben war, hatte er seine Augen nicht von ihr reißen können. Simones gestrige Schilderungen von dem Ballettabend und dem, wenn auch kurzen, Treffen im City bestätigten Claudias schlimmsten Befürchtungen. Sie hatte keine Idee, wie sie diesen Bann brechen sollte, aber sie war wild entschlossen, es zumindest zu versuchen. Zu sehr liebte sie die ruhige, rücksichtsvolle Art von Lukas und seinen feinen Sinn für Humor. Zu allem Überfluss sah er blendend aus. Claudia hatte nie verstanden, weshalb Simone während des Studiums nichts von seiner Zuneigung bemerkt hatte und stattdessen auf diesen Aufschneider Philipp hereingefallen war. Aber nun wollte sie endlich ihre eigene Chance nutzen. Entschlossen wählte sie seine Nummer. Aber auf das knappe „Ja" am anderen der Ende der Leitung war sie nicht vorbereitet: „Ähm, hier ist Claudia." – „Claudia wer?", kam die irritierte Rückfrage. Claudia holte tief Luft und klärte Lukas auf. Sicherheitshalber fügte sie gleich hinzu, dass sie eine Nachricht von Simone für ihn habe: „Warum meldet sie sich nicht einfach selber?" – In Claudia machte sich ein Gefühl von Frustration breit. Natürlich hatte sie nicht erwartet, dass er vor Begeisterung durch das Telefon springen würde, aber das gestaltete sich schwieriger als gedacht: „Lukas, natürlich macht sie sich Gedanken, weil sie dir einen Korb gegeben hat, aber das ändert nichts an ihrer Entscheidung." – „Was soll das dann noch mit einer „Nachricht"?", echote es spöttisch durch die Leitung: „Bitte Lukas, können wir das nicht persönlich besprechen?" – Für einen Augenblick herrschte Stille in der Leitung: „Na gut, wenn es sein muss!" – Ja, es musste sein. Dieses Mal würde sie dran bleiben und es auf einen allerletzten Versuch ankommen lassen. Allerdings würde sie sich in Geduld üben müssen. Lukas hatte erst in der übernächsten Woche Zeit. Aber für Claudia zählte nur, dass sie endlich ein Einzeldate mit Lukas ergattert hatte.

Die Woche verging wie im Flug. Jochen kam am Freitagnachmittag wie geplant früh im Büro los und ging auf dem Heimweg einkaufen. Er wollte geschmortes Ofengemüse machen, dazu für beide ein leckeres Stück Entrecôte braten und seinem Schleckermaul zum Nachtisch heiße Himbeeren mit Vanilleeis kredenzen. Es roch bereits verführerisch als Simone die Wohnungstür aufschloss. Überrascht führte sie ihr erster Gang in die Küche. Jochen strahlte sie an und drückte ihr einen feuchten Schmatz auf die Wange: „Überraschung!" – „Die ist dir gelungen!", antwortete Simone freudestrahlend: „Und womit habe ich die verdient?" – Jochen schaute geheimnisvoll und zuckte wortlos mit den Schultern. Simone küsste ihn und ging sich umziehen. Eigentlich liebte sie Überraschungen nicht sonderlich, aber diese schien eine von der schönen Sorte zu sein. Nach dem Essen, breitete Jochen auf dem Tisch verschiedene Drähte und Alufolie aus. Simone runzelte die Stirn, wusste es aber besser, als zu fragen. Bevor Jochen das Geheimnis lüftete, reichte er ihr eine große Schüssel Eis mit Himbeeren und Sahne. Mit einem letzten Blick auf den Tisch stellte er zufrieden fest: „Jetzt sind wir für diese schwierige Aufgabe gewappnet." – Susanne hatte nicht die leiseste Ahnung, wovon er sprach und Jochen genoss ihre wachsende Neugierde. Schließlich deutete er bedeutungsvoll auf die verschiedenen Utensilien und fügte hinzu: „Unsere Ringe!" – Simone schaute genauer hin und fing schallend an zu lachen: „Ach, basteln wir unsere Ringe jetzt selber?" – Jochen stutze und stimmte dann in ihr Gelächter mit ein. Als sie sich wieder gefangen hatten, erläuterte er seine Idee. Simone war sofort Feuer und Flamme: „Was für eine wunderbare Idee! Dann sind unsere Ringe garantiert einzigartig!" – Es wurde ein lustiger Bastelabend. Ihrer guten Laune tat es keinen Abbruch, dass sie am Ende kein überzeugendes Ergebnis zustande gebracht hatten. Amüsiert betrachteten sie ihre gescheiterten Versuche: „Zum Glück hast du einen Experten an der Hand.", meinte Simone abschließend. Sie war zuversichtlich, dass sie tags darauf in Esslingen erfolgreich sein würden.

Am nächsten Morgen lag der Frühling in der Luft. Der Himmel erstrahlte in einem tiefen Blau und die Sonne begann an Kraft zu gewinnen. Der perfekte Tag für ein so wichtiges Vorhaben. Simone war entsprechend aufgeregt. Sie drückte Jochens Hand, als sie die engen Altstadtgassen entlang schlenderten. Andächtig betraten sie das altehrwürdige Fachwerkhaus in dem der Goldschmied

Laden und Werkstatt hatte. Innen empfing sie ein modernes, helles Ambiente, das wunderbar zu den herrlichen Exponaten in den Vitrinen passte. Simone löste sich von Jochen und wanderte andächtig umher. Jochen hatte mit dem Goldschmied diesen Termin extra vereinbart und besprach sich kurz mit ihm: „Na, wollen wir loslegen?" – Mit diesen Worten lotste er Simone an einen Stehtisch in einer Nische am Fenster. Hier waren sie ungestört. Vor ihnen stand ein Mann mittleren Alters, der mit seinem hellblauen Hemd und seiner wilden graublonden Mähne eine interessante Mischung aus seriösem Banker und kreativen Künstler in sich vereinte. Simone war gespannt, worauf sie sich hier einließ und wurde nicht enttäuscht. Gemeinsam versuchten sie, ihre Vorstellungen herauszuarbeiten. Es machte Spaß, brauchte aber seine Zeit. Schließlich zückte der Goldschmied Papier und Stifte. Mit wenigen Strichen skizzierte er mögliche Entwürfe. Simone war fasziniert. Die Zeichnungen waren vielversprechend. Sie wusste nicht, wer das Thema Tauchen angesprochen hatte, aber plötzlich stahl sich ein verschmitztes Lächeln auf das Gesicht des Goldschmiedes. Er drehte das Blatt wieder zu sich her. Mit raschen Bleistiftstrichen entstand ein Ring mit einer Formation kleiner Kreise, wie die Luftblasen, die beim Tauchen entstanden. Simone und Jochen sahen sich an. Jochen erkannte mit einem Blick, dass Simone seine Begeisterung teilte. Der Goldschmied erklärte, wie diese Kreise mit speziellen Stempeln geprägt wurden. Als er jedoch vorschlug diesen Effekt bei dem Ring der Braut durch den Einsatz von Brillanten, in der Größe der Blasen zu unterstützen, wurde Simone unruhig: „Sprengt das nicht unser Budget?" – Aber Jochen winkte entschieden ab: „Wenn dies die Ringe sind, die unseren Vorstellungen entsprechen, dann leisten wir uns das."

Von dem Moment an ging es ganz schnell, sie mussten nicht lange überlegen und in wenigen Momenten waren die Ringe beauftragt. Simone wandte sich zum Gehen. Aber Jochen hielt sie sanft am Arm zurück und küsste sie: „Ich schulde dir noch etwas.", verkündete er lächelnd und als er Simones fragenden Blick sah, fügte er schmunzelnd hinzu: „Deinen Verlobungsring." – Aber Simone schüttelte entschieden den Kopf: „Unsere Ringe werden so schön, da braucht es keinen extra Verlobungsring." – Jochen war hin und her gerissen. Einerseits freute ihn Simones Einstellung, andererseits wollte er ihr gerne etwas schenken: „Dann kein Ring. Wie wäre es mit einem schönen Anhänger!", entschied er spontan. Simone ließ die Augen über die im Raum verteilten Vitrinen schweifen und bekam ein Leuchten in die Augen, das Jochen in seiner Intensität überraschte. Amüsiert kommentierte er: „Also doch: Diamonds are a girl's best friend." – Wortlos begann Simone von einer Auslage zur nächsten zu schlendern. Schließlich kehrte sie zu einer der ersten Vitrinen zurück und zeigte freudestrahlend auf einen goldenen Anhänger der aus zwei Halbkreisen ein münzförmiges Ganzes bildete. Jochen gefiel das Schmuckstück auch, nicht zuletzt, weil die Symbolik perfekt zum Anlass passte. Entspannt und glücklich ließen sie den Vormittag im Kessler Karree bei einem Glas Sekt ausklingen. Simone genoss den Moment überglücklich. In ungewohnter Ruhe besprachen sie den Stand ihrer Hochzeitsvorbereitungen und stellten überrascht fest, dass alles was sie zu diesem

Zeitpunkt vorbereiten konnten, erledigt war. Zufrieden lehnte Simone ihren Kopf an Jochens Schulter.

Claudia war viel zu früh dran. Sie hatte mit mehr Verkehr gerechnet und da sie auf keinen Fall zu spät zu ihrem Treffen mit Lukas kommen wollte, war sie überpünktlich aufgebrochen. Sie wollte nichts riskieren, denn sie war sich nicht sicher, ob er auf sie warten würde, wenn sie sich verspätete. Jetzt war sie gut zwanzig Minuten zu früh dran. Aber sie war viel zu nervös, um noch ein wenig auf der Königstraße zu bummeln. Deshalb stand sie in den Arkaden des Königbaus und beobachtete das bunte Treiben um sie herum. Das frühlingshafte Wetter hatte die Menschen ins Freie gelockt. Viele ließen sich das erste Eis des Jahres schmecken. Schon der Gedanke an ein Eis drehte Claudia heute den Magen um. Hoffentlich kam Lukas pünktlich und ganz plötzlich schoss ihr der Gedanke durch den Kopf: „Hoffentlich kommt er überhaupt." – Seit ihrem kurzen Telefonat hatten sie keinen Kontakt mehr gehabt. Sie hatte Simone Bescheid gegeben, dass sie Lukas zu einem Treffen hatte überreden können und versprochen, sich danach mit einem Bericht zu melden. Ganz in Gedanken, merkte sie nicht, dass Lukas auf sie zusteuerte: „Hallo!", mit einem gequälten Lächeln holte er sie in die Gegenwart zurück. Claudia fuhr herum und erschrak, Lukas sah erschöpft aus und seine ganze Körperhaltung drückte Lustlosigkeit aus: „Ich weiß zwar nicht, was das Ganze soll, aber sollen wir trotzdem reingehen und einen Kaffee trinken?" – So schwierig hatte sie sich ihre Begegnung nicht vorgestellt. Claudia spürte, wie ihr vor Enttäuschung die Tränen in die Augen schossen. Wortlos nickend, wandte sie sich um und betrat das altehrwürdige Café. Lukas hatte diesen Treffpunkt vorgeschlagen. Für ihn war das Café nur wenige Schritte von seinem Büro entfernt und lag zudem zentral, so dass es auch für Claudia gut erreichbar war. Eigentlich mochte sie die altmodische Atmosphäre, aber heute wäre sie am liebsten davon gelaufen. Sie ergatterten einen Tisch am Fenster, aber keiner der Beiden hatte etwas übrig für den schönen Ausblick auf das Neue Schloss. Die freundliche Bedienung wurde von Lukas kurzangebunden abgefertigt. Claudia war irritiert. Das war nicht der Lukas, den sie kannte: „Und jetzt?", Lukas sah sie auffordernd an. Mit einem Mal fragte sich Claudia, ob sie einen Fehler gemacht hatte. Aber jetzt saßen sie hier und Claudia beschloss, ihr Vorhaben durchzuziehen. Entschlossen straffte sie ihre Schultern und nahm all ihren Mut zusammen: „Du hast Simone mit deiner verspäteten Liebeserklärung wirklich erschreckt. Für sie warst du immer nur ein guter Freund." – „Tatsächlich? Das ist mittlerweile nichts Neues mehr!", erwiderte Lukas mürrisch. Claudia holte tief Luft: „Sie hätte gerne, dass du ihre Entscheidung akzeptierst!" – Lukas lachte böse auf: „Befürchtet sie etwa, dass ich auf einem Schimmel vorreite und sie vom Altar weg entführe?" – Allmählich wurde Claudia sauer: „Sie weiß nicht, was sie glauben soll, nachdem du plötzlich unangemeldet vor ihrer Haustür gestanden bist. Und im City hast du nicht den Eindruck gemacht, als würdest du verstehen, was sie dir zu erklären versucht hat. Jetzt mach bitte nicht Simone für dein offensichtlich frustrierendes Liebesleben verantwortlich!" – Lukas schaute auf und es schien, als sähe er Claudia zum ersten Mal wirklich an: „So, jetzt hast du es mir aber gegeben." – Ein leises Lächeln entspannte seine Gesichtszüge. Aber jetzt war Claudia nicht mehr zu bremsen, sie wartete nur ab, bis die Bedienung ihre beiden Kaffeetassen auf dem Tisch abgestellt hatte. Dann legte sie erneut los: „Ich verstehe dich einfach nicht, Lukas. Du hast dich da in etwas verrannt und gibst keiner anderen Frau eine wirkliche Chance." – Ohne seine Reaktion abzuwarten, griff sie hastig nach ihrer Handtasche und zog einen Briefumschlag heraus. Diesen legte sie mit einer entschiedenen Geste zwischen sich und Lukas auf den Tisch: „Falls du mal für einen Moment dein Selbstmitleid vergessen kannst, ist der Inhalt vielleicht interessant für dich." – Mit diesen Worten zückte sie einen fünf Euro Schein und legte ihn neben ihre unberührte Kaffeetasse. Dann schob sie energisch ihren Stuhl zurück und lief davon. Lukas verfolgte ihren Abgang mit einem überraschten Gesichtsausdruck. Claudia hastete die Treppe hinunter und rannte beim Hinausstürmen fast einen Kellner über den Haufen. Vor der Tür blieb sie abrupt stehen, holte tief Luft und zog schließlich im Schneckentempo ihren Mantel an. Sie ertappte sich bei dem Gedanken, dass sie hoffte, Lukas würde hinter ihr her kommen und sie zurück holen. Was für ein alberner Wunsch. Zum zweiten Mal an diesem Tag schossen ihr die Tränen in die Augen, dieses Mal vor Wut. Hastig wischte sie sich über die Augen und wandte sich entschlossen nach rechts. Jetzt brauchte sie wirklich Seelentrost. Deshalb steuerte sie zielsicher auf den Eingang ihres Lieblingsbuchladens zu. Bei der Riesenauswahl würde sie schon das Passende finden, mit dem sie sich heute Abend, alleine auf ihrem Sofa, in eine rosarote Welt katapultieren konnte. An ein Happy End für sich persönlich mochte sie nicht mehr glauben, zumindest nicht mit Lukas.

Lukas sah Claudia völlig verständnislos hinterher. Was hatte er denn nun schon wieder falsch gemacht? Es kam ihm so vor, als seien Frauen für ihn ein unergründliches Rätsel. Zögernd zog er den Briefumschlag zu sich heran. Nach einem weiteren Moment hob er ihn vorsichtig auf. Er hatte nicht die geringste Ahnung was ihn erwartete und wusste nicht, ob er das überhaupt genauer wissen wollte. Schließlich öffnete er langsam das Kuvert und zog ein cremeweißes Blatt heraus, das eng beschrieben war. Zuerst überflog er die Zeilen eilig, dann verlangsamte er das Tempo. Am Ende angekommen, ließ er die Seite sinken. Was für ein Idiot er doch war! Noch einmal las er den Brief, dieses Mal Wort für Wort. Claudias Zeilen rüttelten ihn wach. Er hatte das Gefühl, aus einer langanhaltenden Trance zu erwachen. Der Brief öffnete ihm die Augen: Wie hatte er sein Herz nur so lange an die einzige Frau hängen können, die – wenn er ehrlich zu sich selbst war – für ihn immer unerreichbar gewesen war und spätestens jetzt definitiv außerhalb seiner Reichweite bleiben würde? Dabei hatte das Gute die ganze Zeit so nahe gelegen. Irgendwie verrückt. Versonnen erinnerte er sich an die gemeinsame Studienzeit zurück. Mit einem Mal stellte er fest, dass während sein Augenmerk ständig auf Simone gerichtet war, Claudia immer da gewesen war, wenn auch irgendwie nur schemenhaft im Hintergrund, aber eben doch da. Je intensiver er an die gemeinsame Zeit zurück dachte, um so mehr wurde ihm bewusst, dass es gerade Claudia gewesen war, mit der er so viele tiefgründige und gleichzeitig unterhaltsame Gespräche geführt hatte, während er ständig vergeblich darauf gewartet hatte, dass Simone ihm endlich die heiß ersehnte Aufmerksamkeit schenken würde. Plötzlich fiel ihm der Grillabend auf der Wiese eines Kommilitonen wieder ein, der in einem heftigen Gewitter geendet hatte. Natürlich war Simone zusammen mit Philipp zurück zum Auto gelaufen. Claudia und er hatten sich unter viel Gelächter seine Jacke geteilt und waren gut gelaunt, aber bis auf die Knochen durchnässt am Auto angekommen. Es war ein wunderbarer, intimer Moment gewesen, den er einfach so hatte verstreichen lassen. Gedankenverloren faltete er den Briefbogen und steckte ihn sorgfältig zurück in den Umschlag. Als er zahlte, gab er der verdutzten Bedienung ein großzügiges Trinkgeld. Eigentlich hatte er vorgehabt, so schnell wie möglich zurück an seinen Schreibtisch zu kommen, um sich wieder in die Arbeit zu stürzen. Das Büro war sein zweites Zuhause geworden. Aber plötzlich wurde ihm bewusst, dass es höchste Zeit war, seinem Leben endlich eine neue Richtung zu geben und an sein eigenes Glück zu glauben. Er konnte gar nicht in Worte fassen, wie unendlich dankbar er war, dass Claudia sich ein Herz gefasst und ihm diesen Wink mit dem Zaunpfahl gegeben hatte. Hoffentlich hatte er sie mit seinem heutigen Auftritt nicht gleich wieder vergrault. Wenn er daran zurück dachte, wie er sich aufgeführt und sich ihr gegenüber verhalten hatte, ärgerte er sich über sich selbst. Er überlegte fieberhaft, wie er sein Verhalten wieder gut machen und ihr signalisieren konnte, dass er verstanden hatte. Langsam schlenderte er die Königstraße hinunter und blieb an jedem Kartenständer stehen, auf der Suche nach einer Karte mit der ultimativen Botschaft. Dieses Mal wollte er es nicht vermasseln.

Claudia schloss ihre Wohnungstür auf und ging hinein. Die Stille, die sie umschloss, erweckte an diesem Abend ein besonders starkes Gefühl von Einsamkeit. Sie war schon zu lange Single, um sich nicht ein Stück weit mit diesem Zustand arrangiert zu haben. Dennoch gab es Tage, da erwischte sie die Einsamkeit eiskalt. Heute war es besonders schlimm. Nicht wirklich überraschend, dachte sie, war sie doch so hoffnungsfroh in ihre Mission gestartet. Sie hatte keine Wunder erwartet, aber wenigstens, dass sie mit Lukas ins Gespräch kommen würde, dass es den Brief gar nicht brauchen würde, weil sie ihm in eigenen Worten sagen konnte, was sie für ihn empfand. Aber plötzlich war sie sich ihrer Gefühle für ihn nicht mehr so sicher. So wie er heute drauf gewesen war, hatte sie ihn noch nie erlebt. Das war auch nicht der Lukas, in den sie sich gleich bei ihrem ersten Kennenlernen verliebt hatte. Vermutlich hatte er im Café sitzend, ihren Brief in kleine Schnipsel zerrissen, noch bevor er ihn gelesen hatte. Vor ihrem inneren Auge entstand ein Bild, wie Lukas die Einzelteile ihrer Liebeserklärung wie Konfetti in die Luft warf und ein Schneegestöber auf ihn herunter rieselte. Aber mehr als ein schiefes Lächeln rief diese Vorstellung nicht bei ihr hervor. Offensichtlich sollte es nichts werden, zwischen ihr und ihm. Vielleicht hatte sie sich in Bezug auf Lukas auch in etwas verrannt, das einseitig war. Dieser Gedanke schmerzte. Wenigstens hatte sie den anderen Teil ihrer Mission mit Bravour gelöst. Sie war sich sicher, dass Lukas Simone nicht mehr behelligen würde. Seufzend griff sie zum Hörer. In knappen

Worten berichtete sie Simone von ihrem Treffen: „Wie war er drauf?", hakte diese nach: „Nicht gut.", Claudia verspürte keine Lust, das Thema zu vertiefen. Simone war auch so erleichtert: „Trotzdem bin ich froh, dass du das für mich geklärt hast. Jetzt brauche ich zumindest keine weiteren, unangemeldeten Auftritte mehr zu befürchten." – Nachdem dieser Punkt erledigt zu sein schien, berichtete Simone freudestrahlend von ihrem Verlobungsgeschenk und der Wahl der Ringe. So sehr Claudia ihre Freundin mochte, heute fiel es ihr schwer, sich uneingeschränkt mit ihr zu freuen. Sie war erleichtert zu hören, dass sich jegliche Gewitterwolken bei den Beiden verzogen hatten, aber bei ihrem eigenen Liebesdesaster fragte sie sich, weshalb immer nur anderen Menschen Glück in der Liebe vergönnt zu sein schien. Sie war froh, als sie Simones Redefluss unterbrechen und das Telefonat schließlich beenden konnte. Ihre Zuflucht bestand heute aus der Lektüre des neu erstandenen Romans mit garantiertem Happy End.

Anja tigerte nervös in ihrer Wohnung auf und ab. Das Skiwochenende lag nun fast zwei Wochen zurück. Die Zeit bis zu dieser verflixten Hochzeit verflog nur so. Wenn sie vorher irgendetwas erreichen wollte, musste sie aktiv werden. Sie wollte wenigstens einen weiteren Versuch starten, wusste aber nicht wie. Schließlich zückte sie ihr Handy und tippte: „Jochen, wir müssen dringend reden. Anja" – Sie musste nicht lange auf eine Antwort warten: „Lass mich endlich in Ruhe. Es ist alles gesagt!" – Anja holte tief Luft. So würde sie sich um keinen Preis abfertigen lassen. Sie legte nach: „Von wegen, es ist längst nicht alles gesagt. Schon um der alten Zeiten willen. Ich muss dich unbedingt treffen."

Jochen starrte ungläubig auf sein Display. Das ungute Gefühl, das er nach dem Wochenende erfolgreich verdrängt hatte, war sofort wieder da. Hatte er sich also doch nicht getäuscht. Anja wollte es nicht bei der Abfuhr vom Skiwochenende belassen. Er überlegte fieberhaft, wusste er doch nur zu gut, dass sie nicht ohne weiteres aufgeben würde. Wenn er nicht auf sie einging, würde sie vermutlich einen Auftritt vor Simone provozieren. Wenn es etwas gab, dass er auf keinen Fall wollte, dann das. Fieberhaft überlegte er, wann er sich mit Anja treffen konnte, ohne Simone gegenüber in allzu große Erklärungsnot zu geraten. Schließlich schrieb er ihr zähneknirschend zurück: „Ein allerletztes Treffen, aber nicht hier, sondern auf der Burg in Esslingen. Nächste Woche Mittwoch 19 Uhr."

Anja ballte die Faust: „Ja!", stieß sie aus. Das war ein erster Schritt in die gewünschte Richtung. Schließlich wusste sie etwas, dass sein offenbar unerschütterliches Vertrauen in seine Verlobte ins Wanken bringen würde. Simone war kein Deut besser als sie. Am Ende würde sie das Rennen machen, da war sie sich sicher.

Claudia hatte in den zurückliegenden Tagen vergeblich versucht, ihre tiefe Enttäuschung nach dem niederschmetternden Treffen mit Lukas abzuschütteln. Für gewöhnlich war sie ein Stehaufmännchen, aber dieses Mal blieb die Traurigkeit an ihr haften. Auch im Büro fiel es ihr schwer, die anstehenden Aufgaben mit dem gewohnten Elan zu erledigen. Deshalb hatte sie sich heute früher als gewohnt ins Wochenende verabschiedet. Das Wetter war herrlich. Sie plante, ihre Nordic Walking Stöcke zu schnappen und eine große Runde über die Felder zu laufen. Es würde ihr gut tun, sich frischen Wind um die Nase wehen zu lassen. Vielleicht kam sie dann auf andere Gedanken. Zu Hause angekommen, spickelte sie durch den Schlitz ihres Briefkastens. Zu ihrer großen Verwunderung war Post für sie da. Sie zückte ihren Briefkastenschlüssel. Beim Aufschließen purzelte ihr eine bunte Postkarte entgegen. Neugierig betrachtete sie die Vorderseite: Unter einer hässlichen dunkelgrünen Kröte stand in schnörkeliger, pinkfarbener Schrift: Küss mich! Ich bin dein Prinz. Neugierig drehte sie die Karten um:

*„Liebe Claudia, ich weiß gar nicht, wo ich anfangen soll. Erst einmal möchte ich mich für mein Benehmen im Café entschuldigen. Ich hoffe, du wirst mir irgendwann verzeihen. DANKE für deinen Mut, mir dein Herz zu öffnen. Meinst du, es gibt noch eine Chance für uns? Ich hoffe es sehr. Bitte melde dich, Lukas."*

Claudia musste sich auf den Treppenabsatz setzen, ihr Herz schlug Purzelbäume. Sie konnte keinen klaren Gedanken fassen. Lukas, Simones Lukas, nein, das war er wohl nicht mehr, ihr Lukas, vielleicht, auf jeden Fall *d e r* Lukas hatte ihr geschrieben. Auf seiner Karte stand etwas von einer Chance, auf die er hoffte, die Chance, die sie schon verloren geglaubt hatte. Sie sprang auf und spurtete die Treppe zu ihrer Wohnung hoch. Jetzt musste sie erst recht laufen gehen, sie brauchte einen klaren Kopf, dringend. Claudia nahm die vor ihr liegende Steigung mit Schwung in Angriff, sie rannte fast, so übermütig war sie und musste es gleich mit Seitenstechen büßen. Das geschah ihr ganz recht. Langsamer werden, ihren Rhythmus finden, genau jetzt. Allmählich fand sie ihr Tempo und das Karussell in ihrem Kopf wirbelte nicht mehr alles durcheinander. Ihre Freude war unbeschreiblich. Lukas hatte ihren Brief also doch gelesen und es machte den Eindruck, als habe er verstanden, was sie ihm hatte sagen wollen. War es ihr tatsächlich gelungen, Simones Bann zu brechen? Sie wünschte es sich so sehr. Aber wie sollte es weiter gehen. Vieles stand zwischen ihnen im Raum. Immerhin, ein Anfang war gemacht. Sie würde ihn anrufen. Nachdem sie den Entschluss gefasst hatte, wurde sie ruhiger und konzentrierte sich aufs Laufen. Wie schön das milde Licht der Abendsonne, die Landschaft in einen rötlichen Schimmer tauchte. Man merkte, dass es einer der ersten wärmeren Tage war, denn leichte Nebelschwaden zeigten, wie feucht der Boden darunter noch war. Es wurde Zeit für einen kurzen Schlussspurt.

Claudia hatte sich Zeit gelassen. Sie hatte ausgiebig geduscht, ihre Haare gewaschen und mit einer Kur verwöhnt. Nun saß sie eingekuschelt auf dem Sofa. Dieses Mal griff sie mit Vorfreude zum Hörer und wurde nicht enttäuscht. Als sie zwei Stunden später auflegte, schwebte sie auf Wolke Sieben. Sie hatten sich blendend unterhalten, über alles was ihr am Herzen lag: Die alten Zeiten, Lukas verschmähte Liebe zu Simone, ihre eigenen Gefühle und dennoch war es kein schwieriges Gespräch gewesen. Ein Wort hatte das andere ergeben. Lukas hatte zugehört, nachgefragt, seine Sicht der Dinge geschildert und dann waren sie in der Gegenwart gelandet und es blieb kein Zweifel, dass sie beide hofften, dass es eine gemeinsame Zeit werden sollte. Aber das würde sich erst noch zeigen müssen. Claudia schmunzelte, als wäre der Anfang nicht schon so verzwickt genug, galt es gleich die nächste Hürde zu nehmen: Einen Termin für das erste Wiedersehen finden. Lukas war das ganze Wochenende über weg und dann zwei Tage dienstlich unterwegs. Mittwoch war die erste Möglichkeit, sich zu sehen und die hatten sie auch gleich ergriffen. Für das erste Treffen hatten sie neutralen Boden vereinbart. Sie wollten sich um sieben auf der Burg in Esslingen treffen.

Simone war am Mittwochabend mit Petra im City verabredet. Als ihre Trauzeugin hatte Petra darauf gedrängt, auf den neuesten Stand der Hochzeitsvorbereitungen gebracht zu werden. Außerdem wollten sie sich gemeinsam Gedanken zur Tischdeko machen. Petra war ausgesprochen kreativ und hatte immer wunderbare Ideen. Deshalb freute Simone sich riesig auf diesen Abend. Während sie die Sachen zusammensuchte, die sie vorbereitet hatte, schielte sie zu Jochen hinüber. Er saß auf dem Sofa und zappte durchs Fernsehprogramm. Seit er nach Hause gekommen war, machte er einen unruhigen Eindruck und auch jetzt schien nichts seine Aufmerksamkeit fesseln zu können. Simone, die spürte, dass etwas nicht stimmte, hatte vorsichtig nachgehakt, ob im Büro etwas vorgefallen sei, aber nur eine unwirsche, nichtssagende Antwort erhalten. Jetzt unternahm sie einen neuen Anlauf: „Es ist aber schon OK, wenn ich mich heute Abend mit Petra treffe, oder?" – Jochen sah irritiert auf: „Ja, natürlich." – Simone überlegte einen Moment: „Weshalb rufst du nicht Tobias an und fragst, ob er Lust hat, mit dir weg zu gehen?" – Überrascht sah Jochen sie an, antwortete jedoch ausweichend: „Das klingt nach einer guten Idee. Vielleicht mache ich das." – „Aber nicht, dass ihr auch im City aufkreuzt. Petra und ich haben uns auf einen echten Mädelsabend gefreut." – Jochen lachte, aber es klang gezwungen: „Keine Sorge! Da wollen wir auf keinen Fall stören."

Punkt 18:30 Uhr betrat Simone das City. Petra und sie hatten sich extra früh verabredet. Zuerst wollten sie sich mit einem der leckeren Salate stärken und danach sollte ausreichend Zeit für ihre kreativen Versuche bleiben. Außerdem war auch unter der Woche im City viel los. Aber um diese Uhrzeit hatte sie noch freie Platzwahl und nahmen einen der größeren Tische an der Fensterfront.

Claudia hatte lange vor dem Kleiderschrank gestanden. Nach langem hin und her hatte sie sich für ein eher sportliches Outfit entschieden. Die eng anliegende Jeans brachte ihre schlanke Figur gut zur Geltung, dazu trug sie einen leichten, cremefarbenen Strickpullover. Die schlichten goldenen Ohrstecker rundeten ihr Outfit ab. Natürlich wollte sie gut aussehen, aber gleichzeitig sollte noch Luft nach oben bleiben, für die weiteren Begegnungen, die hoffentlich folgen würden. Sie vollendete ihr Make-up und lächelte ihrem Spiegelbild aufmunternd zu. Ein Blick auf die Uhr und sie wusste, dass es Zeit war, sich auf den Weg zu machen. Claudia hatte erwartet, deutlich aufgeregter zu sein. Aber Lukas hatte sich zwischenzeitlich zweimal telefonisch gemeldet. Beim ersten Mal hatte er sie sogar aus seinem Wochenende mit den Freunden angerufen und erzählt, dass sie gleich ins Kino gehen würden. Es war ein Film, den Claudia auch gerne gesehen hätte, umso mehr hatten sie es bedauert, dass sie den Abend nicht gemeinsam verbringen konnten. Gestern hatten sie weiter Wochenenderlebnisse ausgetauscht und über den Start in die neue Woche geplaudert. Claudia hatte das Gefühl, bereits an Lukas Leben teil zu nehmen, der Schritt selber ein Teil davon zu werden, schien gar nicht mehr so groß. Obwohl sie überpünktlich auf den Parkplatz oberhalb der Burg einbog, stand Lukas bereits neben seinem Auto. Er winkte ihr vergnügt zu und bedeutete ihr, dass neben seinem Wagen noch ein Parkplatz frei war. Schwungvoll bog Claudia in die freie Lücke. Jetzt klopfte ihr Herz doch bis zum Hals. Mit einem Mal realisierte sie, dass es eben doch etwas anderes war, miteinander am Telefon zu plaudern, als sich jetzt gleich gegenüber zu stehen. Sie schluckte kräftig, aber der Klos blieb. Hoffentlich würde sie überhaupt einen Ton heraus bekommen. Schließlich griff sie nach ihrer Tasche und öffnete die Tür ihres Wagens. Während sie auf Lukas zuging, stach ihr die verblüffende Ähnlichkeit zwischen Lukas und Jochen ins Auge. Mit einem Mal verstand sie Simones Irritation, als sie die alten Fotos vor dem Ehemaligentreffen gesichtet hatte: Lukas und Jochen würden glatt als Zwillingsbrüder durchgehen. Weshalb war ihr das vorher nie aufgefallen?

Obwohl sie nur wenige Schritte trennten, blieb Lukas bei seinem Wagen stehen und zögerte den Moment hinaus. Er hatte keine Ahnung, wie er Claudia begrüßen sollte, nachdem ihr letztes persönliches Aufeinandertreffen im Café in einem Fiasko geendet hatte. Seitdem war viel passiert: Er hatte ihren wunderbaren Brief erhalten und die Telefonate, die folgten sehr genossen. Am liebsten hätte er Claudia spontan in seine Arme geschlossen und nicht mehr los gelassen. Aber er wusste nicht, ob ein solcher Überfall gut ankommen würde. Claudia spürte sein Zögern und wurde noch unsicherer. Mit etwas Abstand musterten sie sich gegenseitig abwartend. Als Claudia die Absurdität der Situation bewusst wurde, musste sie lachen. Lukas stimmte erleichtert mit ein. Damit war der Bann gebrochen und sie nahmen sich in den Arm. Vorsichtig löste sich Claudia aus der Umarmung: „Gut hergefunden?" – Sie wusste, dass Lukas noch nie auf der Esslinger Burg gewesen war: „Kein Problem!" – Claudia schlug vor, zunächst eine Burgbegehung zu machen. Lukas stimmte zu. Hier draußen war es vermutlich einfacher, ins Gespräch zu kommen und die neue Situation auszuloten. Wie eine Fremdenführerin lotste Claudia Lukas zu dem öffentlich zugänglichen Teil des Wehrganges. Sie hatte sich noch schnell im Internet schlau gemacht und beeindruckte Lukas mit ihrem Wissen. Von dem Wehrgang aus hatte man einen fantastischen Blick hinunter auf Esslingen und das Neckartal entlang. In der Dämmerung begannen überall Lichter zu leuchten, es war ein magischer Anblick. Beide lehnten wortlos nebeneinander an der Balustrade und genossen die Aussicht. Nach einem langen Moment, wandte Lukas sich Claudia zu: „Wunderschön!", war alles was er sagte und ließ offen, was genau er damit meinte. Schließlich nahm er ihre Hand sanft in die seine und streichelte zärtlich über ihre Finger: „Und jetzt?", verschmitzt sah er sie an: „Weiß nicht?", antwortete Claudia ernsthaft. Aber er sah das Lächeln in ihren Augen und zog sie zu sich heran. Dem ersten zögerlichen Kuss folgte eine verheißungsvolle Serie.

Jochen hasste die Situation, in die Anja ihn gebracht hatte. Er konnte Simone einfach nichts von seinem Schlamassel erzählen. Was hätte es auch zu sagen gegeben? Er wollte sie aber auch nicht anlügen. Den Mittwoch hatte er bewusst für das Treffen vorgeschlagen, da er wusste, dass Simone mit Petra verabredet war und so nicht mitbekommen würde, wenn er zwischendurch weg war. Gut fühlte er sich bei der Aktion ihr gegenüber nicht und Simone hatte mit ihren feinen Antennen gleich gespürt, dass etwas nicht in Ordnung war. Zunächst war er ausgesprochen erleichtert gewesen, als sich die Tür hinter ihr schloss und er mit seiner miesen Laune alleine war. Dann stellte er fest, dass es die Sache nicht besser machte, denn er hatte für das bevorstehende Treffen keinen Plan. Er verstand einfach nicht, was Anja noch von ihm wollte. Aus seiner Sicht gab es nichts mehr dazu zu sagen. Weshalb konnte Anja sich nicht einfach in Luft auflösen und endgültig aus seinem Leben verschwinden? Mit einem Blick auf die Uhr sprang er hektisch auf. Es war höchste Zeit, sich auf den Weg zu machen. Er würde es ohnehin nicht mehr pünktlich schaffen, aber er merkte, dass er es gar nicht eilig hatte. Er konnte sich nicht daran erinnern, jemals zuvor gehofft zu haben, dass eine Frau ihn versetzen würde. Aber diesen Gefallen tat Anja ihm nicht. Als er auf den Parkplatz der Burg einbog, lehnte sie mit verschränkten Armen an der Motorhaube ihres Autos und musterte ihn abschätzend. Einladend sah ihre Haltung nicht aus. Vielleicht will sie doch nur nochmal reden, fuhr es Jochen durch den Kopf. Aber kaum war er aus seinem Auto ausgestiegen, kam sie mit einem strahlenden Lächeln auf ihn zu. Hatte seine Wahrnehmung ihn gerade so getäuscht? Ihren Versuch, ihn zur Begrüßung auf die Wange zu küssen, wehrte er fauchend ab: „Lass das!" – „Dann eben nicht!", Anja ließ sich nicht erschüttern. Sie hatte einen Plan und den galt es unter allen Umständen umzusetzen. Wortlos liefen sie auf das Burgtor zu und stiegen die wenigen Treppen zum Eingang des Lokals hoch. Die Hand am Türgriff, funkelte Jochen Anja wütend an: „Einen Drink, nicht mehr!" – Dann öffnete er die Tür und ließ Anja den Vortritt.

Sie suchten sich einen Platz an einem der hinteren Tische und setzen sich einander gegenüber hin. Anja griff nach einer der Menükarten und begann gemächlich darin zu blättern. Jochen reizte ihre Ruhe, er wollte so schnell wie möglich wieder weg und sah sich ungeduldig nach der Bedienung um. Als diese an den Tisch trat, bestellte er sich ein Cola. Er musste um alles in der Welt einen klaren Kopf behalten. Anja bestellte einen Prosecco und erklärte der Bedienung mit einem charmanten Lächeln, dass die Wahl des Essens noch einen Augenblick dauern würde. Kaum hatte sich die Kellnerin zum Gehen gewandt, schnauzte Jochen sie an: „Ich glaube nicht, dass wir so lange hier sitzen werden, dass es sich lohnt, etwas zum Essen zu bestellen." – Mit einem aufreizenden Augenaufschlag erwiderte Anja: „Tatsächlich?" – und blätterte gelassen weiter. Jochen betrachtete die wilde, dunkle Lockenmähne, die das wunderschöne, zarte Gesicht umrahmte. Dieser Kontrast hatte ihn immer fasziniert. Heute trug sie eine hauchdünne schwarze Bluse unter der das eng anliegende Top durchschimmerte. Anja verstand es, ihre Reize dezent zur Schau zu stellen. Aber Jochen merkte, dass es ihn heute nur eins, nämlich wütend machte: „Anja, du wolltest reden. Dann bitte! Ansonsten habe ich keine Lust, hier meine Zeit zu verplempern." – Lächelnd klappte Anja das Menu zu und gab der Bedienung ein kleines Zeichen. Als diese an den Tisch trat, bestellte sie einen Flammkuchen: „Bitte mit zweimal Besteck. Ich bin sicher, bei dem Herren kommt der Appetit noch!" – Dann wandte sie ihre ganze Aufmerksamkeit Jochen zu. Die Intensität ihres Blickes war kaum zu ertragen, aber Jochen hielt den Blickkontakt. Anja beschloss, dass jetzt der richtige Augenblick gekommen war, um loszulegen. Sie hatte sich so viel zurechtgelegt, aber mit einem Mal war das Meiste davon weg, ausgerechnet jetzt, wo es für sie doch ums Ganze ging. Sie spürte, wie ihre Augen zu brennen begannen: „Jetzt nur nicht heulen!", ermahnte sie sich innerlich und versuchte sich durch tiefes Luft holen zu sammeln: „Ich liebe dich noch immer!", platzte sie heraus. Jochen sah sie fassungslos an, auch Anja zuckte zusammen. Das war gegen den Plan! Sie hatte es ruhig angehen wollen, schließlich hatte sie einen Trumpf im Ärmel. Und nun war sie doch mit der Tür ins Haus gefallen: „Wirklich! Ich würde die Zeit so gerne zurück drehen.", stammelte sie. Jochen starrte sie weiter wortlos an. Er versuchte seine Gedanken zu ordnen und in Worte zu fassen: „Man kann die Zeit nicht zurück drehen! Und ehrlich gesagt, will ich das auch gar nicht. Ich habe mit Simone eine tolle Frau gefunden, mit der ich den Rest meines Lebens verbringen will!" – Anja spürte, wie Wut und Verzweiflung in ihr hoch stiegen: „Glaubst du tatsächlich, dass deine super Simone so unfehlbar ist?", wollte sie mit einem beißenden Unterton von ihm wissen. Jochen stutzte: „Was willst du damit sagen?" – „Während wir in Steibis waren, saß deine Simone Händchen haltend mit einem anderen Mann im City!" – Jochens Ungläubigkeit machte ihn für einen kurzen Moment sprachlos, dann stieß er zwischen zusammen gebissenen Zähnen hervor: „Das glaube ich nicht!" – Aber Anja spürte deutlich, dass der Zweifel gesät war und legte nach: „Glaub doch, was du willst. Die beiden sind gesehen worden!", fügte sie triumphierend hinzu. In diesem Moment ging die Eingangstür auf, automatisch sah Anja auf. Verblüfft starrte Anja in das Gesicht des Mannes, der gutgelaunt mit seiner Begleitung den Raum betrat. Instinktiv folgte Jochen Anjas Blick und sah über seine Schulter. Erschrocken drehte er sich zurück um: „Oh, nein!", entfuhr es ihm. Anja schaltete schnell: „Kennst du die Beiden etwa?" – „Ihn nicht, aber sie ist eine gute Freundin von Simone." – Seine Gedanken rasten, fieberhaft überlegte er, wie er sich verhalten sollte. Es war unwahrscheinlich, dass Claudia ihn in dem überschaubaren Gastraum nicht sehen würde. Er beschloss, dass Angriff die beste Verteidigung war und schob entschlossen seinen Stuhl zurück, um auf die beiden zuzugehen. Claudia sah ihn überrascht an: „Hallo Jochen, dich hätte ich hier nicht erwartet." – Sie nahm ihn in den Arm und erspähte Anja, die sitzen geblieben war. Jochen nahm ihren fragenden Blick wahr, ignorierte ihn jedoch und fragte stattdessen: „Und mit wem bist du da?" – Claudia begann zu strahlen, nahm die Hand ihrer Begleitung und kuschelte sich an seine Seite: „Darf ich dir Lukas vorstellen!" – Jochen nahm die ausgestreckte Hand und schüttelte sie. Er konnte Anjas verblüffte Reaktion verstehen, es war fast, als ob er in den Spiegel blicken würde, während es in seinem Kopf ratterte: „Der Lukas, der mit Simone im Ballett war?" – Lukas lächelte: „Genau der! Und wo ist Simone?" – Jochen wurde leicht verlegen und sah dann zu Claudia: „Sie ist mit Petra im City: Hochzeitsvorbereitungen!", fügte er vielsagend dazu. – „Und mit wem bist du da?", Claudia konnte einfach nicht anders, sie musste es wissen. Jochen sah zum Tisch: „Das ist Anja!" – Claudia betrachtete ihn ungläubig: „Nicht d i e Anja, oder?" – Jochen wurde verlegen, es konnte kaum schlechter für ihn laufen: „Doch die Anja." – „Und Simone weiß natürlich, dass du mit Anja hier bist?" – Automatisch, nahm Jochen das bedeutungsschwere Wort auf: „Natürlich!" – Claudia wandte sich abrupt zum Gehen: „Dann ist ja gut!" – Die Art, wie sie den Satz äußerte, ließ keinen Zweifel daran, dass sie Jochen kein Wort glaubte. Mit hängendem Kopf ging Jochen zu Anja zurück und ließ sich auf den Stuhl gleiten: „So ein Mist!" – Das sah Anja anders. Sie legte ihre Hand auf die seine: „Jetzt reg dich doch nicht auf!" – Obwohl Jochen seine Hand rasch weg zog, hatte Claudia die vertraute Geste registriert. Sie runzelte die Stirn. Lukas hatte nur einen kurzen Moment gebraucht, um die Situation zu erfassen. Claudia vervollständigte mit wenigen Sätzen die Mosaiksteine, die ihm fehlten. Sie spürte, wie der Kloß in ihrem Magen wuchs. Was hatte das alles zu bedeuten? Lief da doch etwas zwischen Anja und Jochen? Hatte Jochen so kurz vor der Hochzeit kalte Füße bekommen und riskierte seine Beziehung mit Simone? Und wenn dem so wäre, wie würde sich Lukas verhalten? Ihr wurde ganz schlecht. Endlich einmal schien sie ein bisschen am Glück zu schnuppern... Sofort schämte sie sich für diesen Gedanken und sah sorgenvoll zu Lukas: „Was nun?" – Lukas sah sie nachdenklich an, dann brachte er ihre Gedanken auf den Punkt: „Du glaubst, dass Simone nichts von diesem Date weiß, stimmt's?" – Claudia nickte und schluckte: „Anja war bei dem Männerwochenende mit dabei und Jochen hat sich anschließend sehr bedeckt gehalten und nicht wirklich viel erzählt. Aber, wenn ich das so sehe…", sie brach ab und sah vielsagend zu dem anderen Tisch hinüber, an dem die Stimmung allerdings nicht die beste zu sein schien.

Jochen sah Anja wütend an: „Natürlich ist das eine Katastrophe. Egal, wer da angeblich was im City beobachtet haben will, wir beide kommen auf keinen Fall wieder zusammen! Jetzt akzeptiere das doch endlich!" – Mit diesen Worten erhob sich Jochen und knallte einen Schein auf den Tisch: „Halt dich von uns fern!", stieß er drohend aus und stürmte davon.

Lukas beobachtete den Abgang von Jochen: „Das sieht mir aber nicht nach einer heißen Affäre aus!" – Claudia blieb skeptisch: „Trotzdem sollte Simone davon wissen." – Lukas verstand Claudias Zweifel und irgendwie fand er ihre Fürsorge rührend, trotzdem blieb er zurückhaltend: „Willst du dich da wirklich einmischen?" – Claudia glaubte ihren Ohren nicht zu trauen: „Was heißt hier „einmischen"? Simone ist meine Freundin. Ich würde es mir nie verzeihen, wenn an der Sache etwas dran ist und sie in ihr Unglück rennt!" – Lukas nahm einen weiteren Anlauf: „Wahrscheinlich ist alles nur halb so schlimm." – Claudia begann innerlich zu kochen, wieso wollte er einfach nicht begreifen, was da so offensichtlich lief. Entsprechend genervt fragte sie: „Woher willst du das wissen?" – Lukas wusste es nicht und wenn er ehrlich war, war es ihm auch relativ egal. Irgendwie war er ja auch Simone egal gewesen. Außerdem hatte sich die Situation mittlerweile grundlegend verändert. Nach der schier endlosen Zeit, in der er Simone hinterher getrauert hatte, schien sich jetzt alles zum Guten zu wenden. Er hatte sich auf einen schönen, unkomplizierten und vor allem Simone-freien Abend mit Claudia gefreut, aber dieser begann gerade aus dem Ruder zu laufen: „Bitte lass uns deswegen nicht streiten. Gib Jochen wenigstens vierundzwanzig Stunden Vorsprung, Simone alles zu beichten und die Sache selbst mit ihr zu klären. Wenn er seine Chance nicht nutzt, erfährt Simone es immer noch früh genug." – Claudia ließ Lukas Worte sacken. Sie wusste, dass er im Prinzip Recht hatte. Eigentlich mussten die Beiden die Situation miteinander klären: „Einverstanden. Hoffentlich macht Jochen das auch."

Jochen war klar, dass er keine Wahl hatte, er musste mit Simone sprechen, dringend. Aber er wollte ihr ihren Abend mit Petra nicht verderben. Also fuhr er nach Hause und wartete.

Simone und Petra hatten verschiedene Schleifen und Servietten auf dem Tisch ausgebreitet und ließen sich von dem Trubel um sie herum und den neugierigen Blicken nicht beirren. Eifrig probierten sie verschiedene Kombinationen aus, bis sie schließlich beide der Überzeugung waren, die perfekte Dekoidee gefunden zu haben. Zufrieden packte Simone alles wieder ein und drehte versonnen am Stil ihres Cocktailglases. Petra beobachtete sie dabei. Sie hatte sich lange überlegt, ob sie Simone auf das Steibiswochenende ansprechen sollte oder es lieber bleiben ließ. Aber Felix hatte bei der letzten Geburtstagsfeier wieder mal einen über den Durst getrunken und sich dann ausgerechnet Petra für seine Vertraulichkeiten ausgesucht. Seine Andeutungen ließen Petra befürchten, dass Anja und Jochen sich an dem Wochenende deutlich näher gekommen waren, als es für alle Beteiligten gut war. Wahrscheinlich wusste Jochen das genau und hatte sich deshalb anschließend so bedeckt gehalten. Petra beschloss vorsichtig nachzuhaken: „Zwischen dir und Jochen alles OK?" – Simone war sofort hellwach. Petra war sonst nicht der Typ, der indirekt fragte: „Ja, klar! Warum fragst du?" – Petra bereute, die Frage gestellt zu haben und versuchte sich heraus zu winden: „Na, es ist doch bestimmt ganz schön stressig für euch mit den ganzen Hochzeitsvorbereitungen." – Simone entspannte sich wieder: „Ach so, alles halb so wild. Wir haben es uns gut eingeteilt. Der Endspurt wird bestimmt nochmal anstrengend, aber das bekommen wir hin. Schließlich freuen wir uns beide auf unser großes Fest." Als sie wenig später die Haustür öffnete, war sie überrascht, dass im Wohnzimmer noch Licht brannte. Sie hatte nicht damit gerechnet, dass Jochen auf sie warten würde. Erfreut steuerte sie mit der Tüte in der Hand auf das Zimmer zu. Sie war gespannt, wie Jochen ihre Dekoideen finden würde. Jochen hatte den Schlüssel in der Eingangstür gehört und ging Simone entgegen. In der Tür standen sie sich gegenüber. Simone ließ den Beutel sinken: „Was ist passiert?" – Ein Blick in Jochens Gesicht hatte genügt und sie wusste, dass etwas ganz und gar nicht in Ordnung war. Jochen nahm sanft ihre Hand und führte sie zum Sofa: „Komm setz dich erst mal. Alles halb so wild!" – Aber Simone blieb stehen, Jochen hielt immer noch ihre Hand. Sie wollte ihm nur zu gerne glauben, aber ihr Herz schlug ihr schon bis zum Hals, noch bevor er etwas gesagt hatte. Petras komische Nachfrage fiel ihr wieder ein: „Anja?!", es war mehr eine Feststellung als eine Frage. Jochen sah sie überrascht an: „Woher weißt du das? Ach, hat Claudia es nicht lassen können, dich gleich anzurufen?" – Simone schaute irritiert: „Claudia? Was hat Claudia damit zu tun? Alle scheinen irgendetwas zu wissen, nur ich tappe im Dunkeln!" – Wütend funkelte sie Jochen an: „Was ist zwischen dir und Anja?" – Jochen blickte verwirrt zu Boden. Ja, was genau war eigentlich zwischen Anja und ihm? Er hatte die Beziehung mit Anja doch längst abgehakt. Wie hatte sie es trotzdem geschafft, ihn in eine solche Situation zu bringen? Je länger sein Schweigen dauerte, umso mehr brachte er Simone in Rage. Als er aufschaute und sie ansah, erschrak er. So hatte er sie noch nie erlebt. In ihren Augen blitzte es gefährlich, der Gefühlscocktail in Simones Inneren war hoch explosiv. Er würde behutsam sein müssen: „Eigentlich ist alles ganz einfach", fing er vorsichtig an: „Aber?", unterbrach Simone ihn ungeduldig: „Jetzt lass es dir doch erklären.", unternahm er einen weiteren Anlauf, nur um wieder unterbrochen zu werden: „Na, da bin ich aber mal gespannt.", höhnte Simone und Jochen spürte, wie er die Geduld zu verlieren begann: „Da ist nichts, nicht von meiner Seite, aber Anja, Anja will eine zweite Chance." – Simone spürte wie ihr mit einem Mal von ganz tief innen drin kalt wurde. Jetzt musste sie sich wirklich erst einmal setzen: „Und was willst du?", stammelte sie. Jochen sah sie irritiert an: „Ich? Ich will nur dich!", er nahm ihre Hände in die seinen. Simone verstand nicht: „Und wo ist dann das Problem?" – Jochen überlegte: „Anja will einfach nicht einsehen, dass ich nichts mehr von ihr will. Ich habe schon in Steibis versucht, ihr klar zu machen, dass es keine zweite Chance für eine Beziehung zwischen ihr und mir gibt. Sie hat aber keine Ruhe gegeben und wollte unbedingt ein weiteres Gespräch. Deshalb habe ich mich heute Abend nochmal mit ihr getroffen." – Simone war fassungslos: „Wie, heute Abend? Einfach so, hinter meinem Rücken?" – „Ich war mir ganz sicher, dass sie nur reden wollte und hatte gehofft, dass sie uns dann in Ruhe lässt.", Jochen wusste selbst, dass er nicht sonderlich überzeugend klang. Simone versuchte die Nerven zu behalten: „Und was genau ist passiert?" – Jochen sah sie an: „Dann ist Claudia mit ihrem Freund aufgetaucht." – Simone war verwirrt: „Welche Claudia? Mit welchem Freund und was hat das alles mit dir und Anja zu tun?" – Simone verstand allmählich gar nichts mehr, instinktiv spürte Jochen, dass das Eis für ihn zunehmend dünner wurde: „Na, deine Claudia mit Lukas ..." – „Lukas?", echote Simone. Sie versuchte die losen Enden zusammenzubringen. Jochen musste da etwas verwechseln. Das klärende Gespräch zwischen Claudia und Lukas hatte doch längst stattgefunden. Jetzt war es Jochen, der verwirrt war: „Ja, der Lukas mit dem du im Ballett warst. Für mich sah es so aus, als seien die beiden ein Paar." – Simone fühlte sich wie ein begossener Pudel. Ja, sie hatte Claudia gebeten, das mit Lukas für sie klären, aber doch nicht so. Warum hatte sie ihr nichts erzählt? Dabei machte sie sich immer noch Gedanken, ob Lukas ihre Abfuhr endgültig verwunden hatte. Sollte das heißen, dass ihre Freundin währenddessen die ganze Zeit heimlich hinter ihrem Rücken mit ihm herumturtelte. Sie fühlte sich hintergangen: Von Lukas, von Claudia und allen voran von Jochen. Allmählich dämmerte ihr auch, weshalb Jochen ihr überhaupt von dem Treffen mit Anja erzählte. Vor Wut bebend, entriss sie Jochen ihre Hände und stand auf: „Ach, so ist das! Wärst du Claudia nicht über den Weg gelaufen, hättest du mir erst gar nicht von deinem Treffen mit Anja berichtet. Wer weiß, was du mir sonst noch alles vorenthältst!" – Auch Jochen war aufgesprungen: „Komm, du bist doch auch nicht besser. Mit wem bist du denn Händchen haltend im City gesessen, während ich in Steibis war?" – Simone sah ihn verdutzt an. Sie musste einen Moment lang fieberhaft überlegen, bis ihr der Abend mit Lukas wieder einfiel. Ein heißeres Lachen entfuhr ihrer trockenen Kehle: „Jetzt reicht es! Das war Lukas, der Gesprächsbedarf hatte, aber wir haben nicht „Händchen gehalten" wie du es nennst. Und falls das ein Versuch war, ein Freifahrtschein für dich und diese Anja zu bekommen, dann hast du dich geschnitten und zwar gewaltig." – Wutentbrannt stürmte sie aus dem Raum. Ihr Weg führte direkt ins Schlafzimmer, wo sie wahllos ein paar Kleidungsstücke auf einen Haufen warf. Ihr Kopf war leer, gelegentlich blitzten Versatzstücke der Unterhaltung auf, nur um in der endlosen Leere wieder zu versinken. „Bloß nicht nachdenken, nicht jetzt!", befahl sie sich selber. Verzweifelt versuchte sie, sich zu konzentrieren, während sie diverse Schubladen aufzog und wieder schloss. Plötzlich stand Jochen hinter ihr im Türrahmen: „Was machst du da?", wollte er wissen. – „Nach was sieht es denn aus? Ich packe!", Simone blickte nicht auf. In zwei Schritten war Jochen bei ihr und packte sie unsanft an der Schulter: „Tu das bitte nicht!" – Simone drehte sich zu ihm und wand sich dabei aus seinem Griff: „Warum nicht? Nenn mir einen vernünftigen Grund! Oder nein besser nicht. Ich weiß nicht, ob ich dir gerade auch nur ein einziges Wort glauben würde." – Entschlossen drückte sie sich an ihm vorbei und holte eine Tasche aus dem Flurschrank. Nach einem Abstecher ins Bad, warf sie alles hinein, schnappte ihre Handtasche und war auch schon zur Haustür hinaus. Mit schnellen Schritten lief sie zu ihrem Wagen und öffnete hektisch die Tür. Sie wusste nicht, wie lange ihre wilde Entschlossenheit anhalten würde. Mit einem nicht länger zu unterdrückenden Schluchzer ließ sie sich auf den Fahrersitz gleiten und startete den Motor. Zwei Straßen weiter hielt sie an und suchte ihr Handy. Mit zitternden Fingern wählte sie Petras Nummer: „Kann ich bei dir übernachten?", war das Einzige, das sie herausbrachte. Petra zögerte keinen Augenblick. Das klang nach absolutem Notfall.

Sie ging Simone im Treppenhaus entgegen und nahm sie wortlos in den Arm. Mit dieser Geste brach bei Simone der Damm und die mühsam zurück gehaltenen Tränen liefen ihr in einem Sturzbach über die Wangen. Petra lotste sie vorsichtig in ihre Wohnung. Es dauerte eine ganze Weile und mehrere Anläufe, bis Simone in der Lage war zu berichten, was vorgefallen war. Petra hörte einfach nur zu und merkte, dass sich bei ihrer Freundin viel angestaut hatte. Aber auch für Petra gab es mehr Fragen als Antworten. Klarheit, was genau zwischen Anja und Jochen vorgefallen war und mit welchen Konsequenzen – Fehlanzeige. Weshalb Simone ein Problem damit hatte, dass Claudia und Lukas womöglich ein Paar waren, verstand sie nicht. Eigentlich hätte sich Simone für Claudia freuen können. Als Simone ihr ständig piependes Handy schließlich wutentbrannt in die Ecke pfefferte, anstatt es einfach auszumachen, merkte Petra, dass Simone mit der Situation restlos überfordert war. Am Ende war es Petra, die aufstand und das Handy aufhob. Ein Blick auf das Display genügte. Natürlich war es Jochen, der auf allen Kanälen versuchte Simone zu erreichen: „Willst du denn gar nicht reagieren? Ihm wenigstens eine WhatsApp schicken?", hakte sie vorsichtig nach. Simone hatte sie aus leeren Augen angeschaut und von ihr wissen wollen: „Und was soll ich ihm schreiben?" – Auch Petra hatte darauf keine Antwort. Simone tat ihr leid, aber irgendwie bedauerte sie auch Jochen. Nachdem Simone sich fürs Erste alles von der Seele geredet hatte, merkte sie, dass sie völlig am Ende war. Allmählich begann sich eine bleierne Müdigkeit in ihr auszubreiten. Petra richtete ihr eine Schlafgelegenheit her und versuchte, es ihrer Freundin so gemütlich wie möglich zu machen. Sie vereinbarten, um sieben Uhr aufzustehen. Mit gemischten Gefühlen überließ Petra Simone sich selbst. Es war spät geworden, sehr spät. Hoffentlich nicht zu spät für Jochen und Simone. Petra zückte ihr Handy und schrieb Jochen kurzentschlossen eine WhatsApp: „Simone ist bei mir und braucht erst einmal ihre Ruhe!"

Als Simone in den frühen Morgenstunden aufwachte, fühlte sie sich völlig zerschlagen. Verzweifelt fragte sie sich, wie sie in einen solchen Alptraum hatte hineingeraten können. Vielleicht hatte sie alles nur geträumt. Aber die Tränen, die ihr über die Wangen liefen, waren real. Was sollte sie nur tun? Simone war ratlos. Sie konnte sich nicht daran erinnern, jemals eine derartige Leere in sich gespürt zu haben. Sie zog sich an und begann, ihre Sachen zusammen zu packen. Petras Angebot, frische Brötchen für ein gemeinsames Frühstück zu organisieren, hatte sie dankend abgelehnt. Allein der Gedanke daran, etwas zu essen, verursachte ihr Übelkeit. So hatten sie wortlos einen Kaffee im Stehen getrunken. Simone war Petra dankbar, dass sie nicht auf sie einredete oder Fragen stellte, auf die sie selbst keine Antwort hatte. Petra nahm sie in den Arm, bevor sich Simone auf den Weg ins Büro machte. Petra sah ihr traurig hinterher. Sie hätte ihrer Freundin gerne geholfen, aber sie spürte, dass Simone alleine ihren Weg aus dem Desaster finden musste. Sie hatte ihr angeboten, nochmal bei ihr zu übernachten, aber auch das hatte Simone abgelehnt.

Automatisch schaltete Simone den Computer auf ihrem Schreibtisch an. Sie war die Erste im Büro und dankbar für die Ruhe. Ein Blick in den Spiegel hatte ihr gezeigt, dass man ihr deutlich ansah, dass es ihr nicht gut ging. Da sie keine Lust auf neugierige Fragen hatte, beschloss sie, sich in ihrer Arbeit zu vergraben. Bei einem ihrer Projekte musste sie ohnehin dringend eine Kostenaufstellung machen. Das war zeitaufwendig und erforderte volle Konzentration. Einen besseren Grund abzutauchen gab es nicht, denn es war allseits bekannt, dass dies eine berüchtigte Aufgabe war, die niemand gerne machte. Sie hatte bereits alle notwendigen Unterlagen zusammen gesucht, als ihre Kollegin und direktes Gegenüber Miriam ins Zimmer kam. Mit einem Blick auf die Stapel auf Simones Schreibtisch, kommentierte sie schmunzelnd: „Da hast du dir aber einiges für heute vorgenommen." – Simone sah auf und Miriams Lächeln verschwand. Sie drehte sich um und schloss die Tür hinter sich, dann wandte sie sich besorgt ihrer Kollegin zu: „Was ist passiert?". Simone kämpfte mit den Tränen und versuchte vergeblich, den Kloß in ihrem Hals herunter zu schlucken. Verzweifelt zuckte sie mit den Achseln. Miriam ließ ihre Tasche zu Boden gleiten und war mit zwei Schritten bei Simone. Sie schloss ihre bebende Kollegin in die Arme und hielt sie fest. Als Simone das Gefühl hatte, wieder sprechen zu können, löste sie sich und machte ein zerknirschtes Gesicht: „Deine Bluse ist jetzt nicht nur durchfeuchtet, sondern leider auch nicht mehr knitterfrei." – Miriam machte eine abwehrende Handbewegung: „Und wenn schon!" – Mit dürren Worten versuchte Simone, ihre Kollegin ins Bild zu setzen. Ein Gefühl von Unmut stieg in Simone hoch, als sie sah, wie die Fragezeichen in Miriams Gesicht unübersehbar größer wurden. Schließlich fasste Miriam ihre Fragen in einer einzigen zusammen: „Habe ich dich richtig verstanden, du weißt gar nicht, ob zwischen Jochen und Anja etwas läuft?" – Simone schluckte. Was wusste sie überhaupt? Aber irgendetwas musste da doch sein, sonst hätte Jochen offen mit der Situation umgehen können. Hatten Jochen Zweifel gepackt? Miriam hatte sie sanft an der Schulter gefasst: „Simone, höchste Zeit, dass ihr das klärt! Noch könnt ihr die Hochzeit absagen!", als sie Simones entsetzten Blick sah, fügte sie rasch hinzu: „Vermutlich ist alles nur halb so schlimm und bei euch beiden liegen einfach nur die Nerven blank. Ihr wärt nicht das erste Paar, bei dem mindestens einer plötzlich Torschlusspanik bekommt." – Die Hochzeit! Die hatte Simone in dem ganzen Aufruhr glatt verdrängt. Sie fragte sich, ob ihr Vertrauen in Jochen nicht so grundlegend erschüttert war, dass an Hochzeit gar nicht mehr zu denken war. Sie konnte sich in diesem Moment einfach nicht vorstellen, als strahlende Braut vor den Altar zu treten. Wie verfahren die ganze Situation doch war. Natürlich hatte Miriam Recht, es gab so viele Fragen, die sie mit Jochen klären sollte, aber würde sie ihm glauben können? Mit einem tiefen Seufzer wandte sie sich ihrem vollen Schreibtisch zu. Miriam hatte ihr angeboten, ihr Telefon zu übernehmen. Sie hatten ausgemacht, dass sie ihr nur dringende Anrufe weiter verbinden würde. Jochens Anrufe gehörten nicht dazu. Simone hatte ihr Handy achtlos auf den Tisch gelegt. Jochen hatte ihr mittlerweile dreiundzwanzig WhatApps geschrieben und unzählige Sprachnachrichten hinterlassen, die entgangenen Anrufe beachtete sie gar nicht. In der Zwischenzeit schien er jedoch aufgegeben zu haben. Simone schwankte zwischen Erleichterung und Enttäuschung. Gab er tatsächlich so schnell auf? Am frühen Nachmittag klingelte ihr Handy zum ersten Mal wieder. Nach der Funkstille folgte Simone ihrem ersten Impuls. Der schnelle Griff vorbei an der Kaffeetasse ging schief und der restliche Inhalt der Tasse ergoss sich über ihre Unterlagen. Simone fluchte vor sich hin. Als statt dem Bild von Jochen auch noch das fröhliche Gesicht von Claudia erschien, zögerte Simone. Noch jemand, der sie enttäuscht hatte. Schließlich nahm sie das Gespräch an. Claudia schien Simones Zögern zu spüren: „Hallo Simone, alles OK?" – Aus Simone platzte es heraus: „Nichts ist OK! Und obendrein machst du hinter meinem Rücken mit Lukas rum." – Es herrschte spannungsgeladene Stille in der Leitung. Claudia fühlte sich überrumpelt. Simones Anschuldigung empfand sie als zutiefst verletzend und ungerecht. Sie hatte mit vielem gerechnet, aber nicht mit einer solchen Attacke. So hatte sie ihre Freundin noch nie erlebt, deshalb wusste sie auch nicht, wie sie reagieren sollte. Und so war es Simone, die erschrocken über ihren eigenen Ausbruch, als Erste das Schweigen brach: „Claudia, bist du noch dran?" – „Irgendwie schon, aber ich weiß nicht, ob wir das Telefonat fortsetzen sollten.", erwiderte Claudia schließlich. Simone bereute ihre unüberlegten Worte zutiefst: „Tut mir leid, aber ich verstehe es einfach nicht. Jochen verabredet sich heimlich, still und leise mit Anja und du…", Simone brach ab. Claudia spürte Simones Verzweiflung und lenkte ein: „Was hältst du davon, wenn wir uns heute nach der Arbeit bei mir treffen. Dann können wir in Ruhe über alles sprechen."

Claudias Wohnung lag auf halber Strecke zwischen Stuttgart und Wernau. Sich bei ihr zu treffen lag für Simone praktisch auf dem Heimweg. Nur heute zog sie nichts in diese Richtung. Nach Hause zu gehen, würde bedeuten, zurück zu Jochen zu gehen, aber dazu war sie momentan nicht bereit. Das hatte sie auch Petra zu erklären versucht, als diese sie in ihrem Büro besucht hatte, um nach ihr zu sehen. Petra gefiel überhaupt nicht, wie sich das Ganze entwickelte. Sie hatte volles Verständnis, dass Simone die vergangene Nacht nicht unter demselben Dach mit Jochen hatte verbringen wollen, aber sie konnte nicht auf Dauer vor den Problemen davon laufen. Vielleicht half es wirklich, wenn sie sich in einem ersten Schritt mit Claudia aussprach.

Pünktlich stand Simone vor Claudias Tür. Petra hatte Claudia vorgewarnt, in welch desolatem Zustand sich ihre gemeinsame Freundin befand, nachdem sie von Simone erfahren hatte, dass sie sich mit Claudia treffen wollte. Vor diesem Hintergrund ergab Simones Ausbruch am Telefon für Claudia durchaus Sinn. Trotzdem sah sie dem Treffen mit gemischten Gefühlen entgegen. Bei allem Verständnis für Simone, hatte sie keine Lust, sich in irgendeiner Art und Weise den Schwarzen Peter für die Situation zuschieben zu lassen. Simone ließ sich auf dem Sofa nieder und sah ihre Freundin fragend an. Claudia setzte sich neben sie: „Was willst du wissen?" – Simone musste nicht lange überlegen: „Was ist jetzt mit dir und Lukas?" – Claudia holte tief Luft: „Ich hoffe, dass wir nach dem gestrigen Abend ein Paar sind, aber sicher bin ich mir da nicht." – Ihre Gedanken schweiften zurück. Nach Jochens abruptem Abgang war es schwierig gewesen, Simone aus dem Gespräch mit Lukas und aus ihrem eigenen Kopf zu verbannen. Immer wieder hatte Claudia sich die bange Frage gestellt, ob sie bei Lukas gegen Simone bestehen konnte, wenn Simone doch wieder frei wäre. Und das erschien ihr, nach allem was sie gesehen hatte, gar nicht so weit hergeholt. Obwohl sie wusste, dass genau solche Gedanken, sie daran hinderten, Lukas endlich für sich zu gewinnen, fand sie keinen Ausweg aus dem Teufelskreis. Kein Wunder, dass die zauberhafte Atmosphäre vom Wehrgang sich in Nichts aufgelöst und sich nicht einmal mehr ein zwangloses Gespräch entwickelt hatte. Der Abend, der so vielversprechend begonnen hatte, wurde viel zu früh für beendet erklärt. Auch der Abschiedskuss am Auto hatte nichts von der Verheißung der Küsse auf dem Wehrgang. Claudia hatte das Gefühl, Lukas Enttäuschung mit Händen greifen zu können. Sie ärgerte sich über sich selber und die vertane Chance.

Simone holte sie in die Gegenwart zurück: „Wieso so plötzlich? Warum jetzt auf einmal?" – Claudia sah ihre Freundin für einen Moment ungläubig an. Dann dämmerte ihr, dass Simone nie etwas von ihren Gefühlen für Lukas geahnt hatte. Das leise Lächeln auf ihren Lippen hatte einen Hauch von Bitterkeit: „Ich liebe Lukas seit unserer ersten gemeinsamen Vorlesung an der Berufsakademie." – Simone machte große Augen: „Wieso hast du nie etwas gesagt?" – „Wozu? Lukas hatte nur Augen für dich, auch wenn du das nicht bemerkt hast. Ich hatte keinerlei Chance. Aber jetzt! Nachdem du Lukas endgültig einen Korb gegeben hast, habe ich unser Treffen im Café genutzt, ihm meine Gefühle zu gestehen." – Lächelnd dachte sie an den Nachmittag zurück, der zunächst alles andere als positiv verlaufen war: „Naja, zumindest hatte ich es vor. Lukas hat sich ziemlich aufgeführt und so bin ich gar nicht dazu gekommen. Irgendwie muss ich das geahnt haben. Auf jeden Fall hatte ich vorsorglich einen langen Brief geschrieben und auf die Parallelen in unseren missglückten Liebesleben hingewiesen. Es scheint ihm gefallen zu haben. Jedenfalls hat er mir zurück geschrieben. Seitdem haben wir viel telefoniert und WhatsApp geschrieben. Gestern war endlich unser erstes Treffen." – Simone hatte ihrer Freundin aufmerksam zugehört. Plötzlich ergab alles einen Sinn und sie konnte nur zu gut verstehen, dass Claudia das Ganze nicht an die große Glocke hatte hängen wollen, zumindest jetzt noch nicht. Sie schämte sich, dass sie selbst so egoistisch gewesen war und ihrer Freundin merkwürdige Motive unterstellt hatte. Ihre Neugierde war geweckt: „Und? Wie ist es gelaufen?" – Claudias Miene verdüsterte sich: „Es war alles wunderbar, bis wir zufällig Jochen und dieser Anja begegnet sind." – Claudia schilderte die Szene des Aufeinandertreffens. Simone biss sich vor Aufregung auf die Lippen: „Was denkst du? Läuft da was?" – Betrübt zuckte Claudia mit den Achseln. Unwillkürlich hatte sie die vertraute Geste vor Augen, als Anja ihre Hand auf Jochens legte: „Ich weiß es nicht, Simone! Harmonisch endete der Abend der beiden jedenfalls nicht. Jochen ist kurz darauf auf und davon und hat sie sitzen lassen!" – Simone ließ die Worte sacken und machte ein nachdenkliches Gesicht. Schließlich fasste sie ihre Gedanken in Worte: „Jochen hat nie groß etwas über Anja oder dem Ende ihrer Beziehung erzählt. Ich weiß nur, dass er sie in Flagranti erwischt hat. Es hat mich nicht wirklich interessiert. Anja war ja von der Bildfläche verschwunden, das reichte mir. Aber seit dem ersten Moment ihres Wiederauftauchens verhält er sich merkwürdig." – Mit einem Schauer erinnerte sie sich an den verkorksten Samstag, als Anja am Abend zuvor ihren großen Auftritt im City gehabt hatte. Sie fuhr fort: „Natürlich habe ich versucht, gelassen zu bleiben, schließlich hat Jochen mir und nicht ihr einen Heiratsantrag gemacht. Aber mittlerweile weiß ich, dass Anja und ich nicht unterschiedlicher sein könnten. Stellt sich also die Frage, ob Jochen seit ihrem Auftauchen nicht ins Grübeln gekommen ist. Vielleicht bin ich ja gar nicht seine Traumfrau, vielleicht bin ich es auch nie gewesen, vielleicht war das schon immer Anja, die verloren geglaubt war und sich jetzt, wie Phönix aus der Asche auf dem Silbertablett präsentiert." – Claudia hatte Simone aufmerksam zugehört. War es eine nie zu erreichende Illusion, sich als die absolute Nummer eins im Herzen eines

Mannes fühlen zu dürfen? Jochens Verhalten musste nichts bedeuten, konnte aber alles heißen. Ob er selbst die Antworten auf Simones Fragen kannte? Claudia sah, dass Simone auf eine Erwiderung von ihr wartete: „Schwierig! Aber die Antworten musst du gemeinsam mit Jochen heraus finden, egal, was am Ende dabei heraus kommt. Vor allem solltest du ihn nicht so lange schmoren lassen." – Simone sah sie verzweifelt an: „Ich kann einfach noch nicht zu ihm zurück gehen. Ich weiß nicht, ob ich ihm noch vertraue. Jedenfalls würde ich ihm im Moment kein Wort glauben, egal was er erzählt. Bitte, lass mich heute Nacht bei dir übernachten?" – Claudia sah sie skeptisch an. Schließlich fügte Simone hinzu: „Morgen gehe ich zurück nach Hause und kläre das mit Jochen. Versprochen!" – Seufzend lenkte Claudia ein: „Einverstanden." – In diesem Moment läutete Simones Handy. Mit einem kurzen Blick aufs Display, verzog sie sich auf Claudias kleine Dachterrasse: „Hallo!" – „Hallo Hase!", ein wohliger Schauer überlief sie. Sie genoss das Gefühl: „Alles gut bei dir?", kam die zögernde Nachfrage, als sie nicht sofort etwas sagte. Mit einem sanften Lächeln antwortete Simone: „Ich glaube schon!" – Sie spürte, dass der Anrufer leicht irritiert war, was ihre Stimmung weiter hob. Sonst war das eher umgekehrt gewesen: „Du hast noch meine Abokarten!" – Nachdem Philipp nicht auf ihre Nachricht reagiert hatte, hatte Simone die Abokarten in dem ganzen Durcheinander vergessen. Jetzt kam es ihr wie ein Wink des Schicksals vor: „Stimmt! Sag bloß nicht, dass du sie zurück haben willst." – „Zumindest eine. Wenn du die andere behalten möchtest, spreche ich gleich morgen mit meiner Kollegin." – Simone wurde warm. Das war Philipp in Hochform und wieder einmal hatte sie sich von ihm dazu verleiten lassen, sich zu weit aus dem Fenster zu lehnen. Wie kam sie da elegant heraus: „Wow! Was für ein großzügiges Angebot! Damit habe ich nicht gerechnet." – Galant baute er ihr eine Brücke: „Das können wir in aller Ruhe besprechen, wenn du mir zumindest meine Karte zurück gibst. Bekommen wir das irgendwie morgen hin? Die nächste Vorstellung ist nämlich schon übermorgen." – Simone überlegte kurz. Hatte sie denn eine Wahl? Schließlich konnte sie Philipp wohl kaum seine Karten vorenthalten. Kurzentschlossen unterbreitete sie ihm einen Vorschlag: „Selber Ort, selbe Zeit wie beim letzten Mal?" – „Einverstanden!" – „Dann bis morgen! Ich freue mich!", überrascht blickte Simone auf das Handy in ihrer Hand. Sie freute sich wirklich und fühlte sich mit einem Mal viel besser. Langsam ging sie zurück in die Wohnung und fand Claudia in ihrer Küche am Spülbecken, wo sie gerade Salat wusch: „Jochen?", hakte sie nach. Simone zögerte einen Moment: „Nein, Philipp." – Abrupt drehte sich Claudia zu ihr um: „Das ist jetzt nicht dein Ernst!" – Simone sah sie überrascht an: „Was denn? Er hat nur angerufen, weil ich noch seine Abokarten habe." – Claudia funkelte ihre Freundin wütend an: „Simone, jetzt tu doch nicht so naiv. Wetten, Philipp wittert seine Chance? Warum steckst du die Karten nicht einfach in einen Umschlag und wirfst sie bei ihm ein, wenn er sie so kurzfristig braucht." – Simone fand, dass Claudia maßlos übertrieb. Philipp konnte schließlich nicht wissen, in was für einem Schlamassel sie steckte. Es war reiner Zufall, dass er ausgerechnet jetzt angerufen hatte. Aber da sie keine Lust auf eine Diskussion mit ihrer Freundin hatte, erwiderte Simone beschwichtigend: „Ich überleg es mir."

Trotz der Verstimmungen zwischen ihnen und der angespannten Situation, in der Simone sich befand, wurde es ein gemütlicher Abend. Sie hatten in alten Erinnerungen gekramt, aber sorgsam darauf geachtet, alle heißen Eisen zu umschiffen. Am Ende des Abends hatte Simone, Jochen eine WhatsApp geschickt und ihr Heimkommen für den nächsten Tag angekündigt. Ein Blick in ihre Tasche genügte, um zu wissen, dass es höchste Zeit wurde, endlich wieder zu Hause aufzutauchen. Allmählich gingen ihr die frischen Kleidungsstücke aus. Daher fiel es ihr besonders schwer, ein Outfit zu finden, in dem sie sich mit Philipp treffen konnte. Sie hatte nie ernsthaft in Erwägung gezogen, das Treffen mit ihm sausen zu lassen. Warum auch? Sie hielt Claudias Befürchtungen für maßlos übertrieben. Im Übrigen hatte sein Anruf ihr gut getan. Er hatte ihr angekratztes Selbstbewusstsein etwas aufpoliert und sie spürte, dass sie das brauchte, um sich der Situation mit Jochen zu stellen. Vielleicht half ihr die Begegnung mit Philipp auch dabei, für sich selbst Klarheit zu bekommen, was sie selbst in Bezug auf Jochen wollte. Mehr erwartete sie gar nicht.

Philipp hatte denselben Tisch wie beim letzten Mal ergattert. Sobald er sie sichtete, stand er auf und winkte ihr zu. Simone hauchte ihm einen Kuss auf die Wange und wollte sich gerade setzen. Aber Philipp hielt sie mit der einen Hand zurück und strich ihr mit der anderen sanft über die Wange: „Hase, was ist los, du siehst so blass aus. Geht es dir nicht gut?" – Seufzend löste sich Simone. Gerade weil Philipp immer um sich selbst zu kreisen schien, rechnete man nicht damit, dass er überhaupt jemals wahrnahm, wie es den Menschen um ihn herum ging. Wenn er aber dann doch seine Antennen für den Seelenzustand eines anderen ausfuhr, war das Ergebnis absolut verblüffend. Wie hatte sie das nur vergessen können. Dabei hatte sie sich felsenfest vorgenommen, Philipp nichts von der Schieflage zu berichten, in der sie sich gerade befand. Wie ein kurzer Schatten erinnerte sie sich an die Empörung von Claudia am gestrigen Abend. Offensichtlich hatte Claudia geahnt, dass Philipp seinen Finger in die Wunde legen würde. Fieberhaft überlegte Simone, wie sie reagieren sollte. Sie wusste, dass sie eine schlechte Lügnerin war, deshalb entschied sie sich für die Wahrheit. Sie musste ja nicht alles ausbreiten: „Es gibt gerade ein wenig Ärger im Paradies.", erwiderte sie möglichst leichthin und ließ sich in den Sessel gleiten. Aber Philipp, der sich ebenfalls gesetzt hatte, sah sie aufmerksam an und wartete bis sie fortfuhr: „Jochens Ex ist wieder aufgetaucht und macht alte Ansprüche geltend." – Philipp zog eine Augenbraue hoch: „Ich kann mir nicht vorstellen, dass das ein Problem ist. Dein Jochen hat sie doch bestimmt abblitzen lassen." – Simone spürte, wie ihre mühsam aufrechterhaltene Fassung zu schwinden begann: „Schön wär's. Die Dame ist überaus hartnäckig." – Philipp beugte sich vor und nahm Simones Hand in die seine. Einen Augenblick saßen sie schweigend da. Simone schluckte, die ganze Situation begann sich in eine Richtung zu entwickeln, die ihr unangenehm wurde. Erleichtert nahm sie aus dem Augenwinkel wahr, dass sich die Bedienung näherte. Sie nutzte die Gelegenheit um Philipp ihre Hand zu entziehen und lehnte sich so weit wie möglich in dem bequemen Korbsessel zurück. Der Appetit war ihr gründlich vergangen und so bestellte sie nur einen Cappuccino. Philipp schloss sich ihr an: „Das musst du nicht. Du hast doch bestimmt Hunger!", warf Simone ein. Philipp winkte ab: „Lass mal." – Auch er hatte sich zurückgelehnt und beobachtete Simone aufmerksam. In seinem Kopf brodelte es. War dies die Chance, auf die er gehofft, aber nicht mehr für möglich gehalten hatte? Musste er sie nicht nutzen? Trotzdem zögerte er. Die Bedienung stellte ihre zwei Tassen auf den Tisch. Simone beugte sich vor und rührte versonnen mit dem Löffel im Milchschaum. Als sie den Löffel ablegte, ergriff Philipp erneut ihre Hand. Sie sah auf. Philipps unergründlicher Blick hatte schon immer etwas Magisches gehabt. Heute schien er besonders intensiv: „Weiß Jochen überhaupt zu schätzen, was er an dir hat?", er machte eine bedeutungsvolle Pause, bevor er nochmal nachfasste: „Bist du sicher, dass er dich verdient hat?" – Simone starrte Philipp ungläubig an. Sie hatte das Gefühl, jemand hätte einen Eimer mit eiskaltem Wasser über sie ausgegossen. Mit einem Mal war sie hellwach. Sie funkelte Philipp wütend an: „Wusstest du denn damals, was du an mir hast?" – Überrascht fuhr Philipp zurück, aber Simone setzte nochmal nach: „Siehst du! Dann spiel dich nicht so auf!" – Entschlossen schob sie ihren Stuhl zurück und wandte sich zum Gehen. In letzter Sekunde fiel ihr ein, weswegen sie eigentlich gekommen war. Hastig kramte sie die Abokarten aus ihrer Tasche und knallte sie auf den Tisch: „Ich nehme an, dass du die Rechnung übernimmst." – Damit ließ sie ihn sitzen.

Vor dem Café musste sie sich erst einmal sammeln. Sie ging ein paar Schritte in Richtung Park und setzte sich für einen Moment auf eine schattige Bank. War das überhaupt die richtige Frage: Ob Jochen sie verdient hatte? Was war, wenn Jochen einfach etwas anderes – eine andere wollte? Aber was war eigentlich mit ihr? In dem ganzen Kuddelmuddel schien keiner danach zu fragen, was sie wollte. So konnte es nicht weiter gehen, sie brauchte dringend Zeit zum Nachdenken. Entschlossen zückte sie ihr Handy: „Miriam? Hier ist Simone. Du, ich kann nicht mehr zurück ins Büro kommen. Bitte entschuldige mich bei der Chefin. Es ist ein absoluter Notfall!" – Hastig drückte sie den roten Knopf, bevor ihre Kollegin nachfragen konnte. Nachdenklich betrachtete sie das Handy in ihrer Hand. Das war so gar nicht ihre Art, aber sie hatte das Gefühl, dass sie hier raus musste und zwar jetzt sofort. Sie würde versuchen, es Miriam am Montag zu erklären und hatte das sichere Gefühl, dass sie es verstehen würde.

Der Verkehr stadtauswärts war um die Mittagszeit überschaubar. Viel schneller als gewohnt, parkte Simone das Auto vor ihrer Wohnung. Bevor sie sich auf den Heimweg gemacht hatte, hatte sie noch einen weiteren Anruf getätigt. Mit einem Mal hatte sie gewusst, was sie tun würde. Zufrieden lächelnd hatte sie ihr Handy wieder in ihrer Tasche verstaut. Zum ersten Mal seit Tagen hatte sie einen Plan und alleine diese Tatsache fühlte sich gut an. Trotzdem beschlich sie ein mulmiges Gefühl, als sie jetzt den Schlüssel ins Schloss ihrer gemeinsamen Wohnung steckte. Nach ihrem überstürzten Aufbruch war es merkwürdig, zurück zu sein, aber es sollte ja nur für einen kurzen Moment sein. Sie stellte ihre Tasche auf den Boden und begann auszupacken. Alles was sie gleich wieder brauchen würde, legte sie auf die eine Seite, die anderen Dinge räumte sie weg. Ihr fiel auf, dass es in der Wohnung aussah wie immer. Sie wusste nicht, was sie erwartet hatte, aber Jochen hatte nichts rumliegen lassen und selbst das Bett war gemacht. Einen Moment lang ließ sie nachdenklich den Blick schweifen. Sie hatten es sich hier zusammen so richtig gemütlich gemacht. Bevor sie wehmütig wurde, holte sie eilig einen kleinen Koffer und begann diesen zu packen. Ihr Lieblingsbikini und das große Saunahandtuch wanderten gleich in eine extra Tasche. Simone spürte, wie die Vorfreude sie packte. Sie hatte das untrügliche Gefühl, genau das Richtige zu tun.

Die Autobahn füllte sich, der Wochenendverkehr wurde spürbar. Simone war froh, als sie endlich von der Autobahn abfahren und schließlich auch Ulm hinter sich lassen konnte. Als sie Richtung Bad Waldsee fuhr, atmete sie beglückt auf. Auf dieser Strecke hatte man bei entsprechender Wetterlage für einen kurzen Augenblick Bergsicht. Und heute war so ein Tag: Was für ein herrliches Panorama! Sie nahm es als gutes Omen und trat aufs Gaspedal. Jetzt konnte sie nichts mehr halten.

Jedes Mal, wenn der Bodensee sich vor ihr ausbreitete, raubte ihr der Anblick fast den Atem. Heute war die Aussicht besonders schön. Die Berge am gegenüberliegenden Seeufer schienen zum Greifen nah. Nachdem sie von der Bundesstraße abgebogen war, wand sich die Straße ein kurzes Stück durch ein bewaldetes Gebiet und dann war sie bereits an der Uferpromenade. Sie parkte ihr Auto und stieg aus. Simone sog die Luft tief ein. Sie liebte den Geruch des Sees, diese kühle

Feuchtigkeit, die nach Frische schmeckte. Ein friedvolles Gefühl überkam sie. Sie spürte, dass es richtig gewesen war, hierher zu kommen. Mit ihrem Gepäck in der Hand erklomm sie die Stufen zu dem herrschaftlichen Haus. Die bezaubernde Villa war zu einem kleinen Hotel umgebaut worden. Sie hatte Glück, dass es Vorsaison war und sie spontan für das Wochenende ein Zimmer ergattert hatte. Als sie die Empfangshalle betrat, kam ihr eine freundliche Dame entgegen: „Frau Zimmermann, wie schön, Sie wieder bei uns begrüßen zu dürfen." – Fragend sah sie sich um: „Ihr Partner ist vermutlich noch am Wagen?" – Ein kurzer Schatten huschte über Simones Gesicht: „Nein, leider nicht. Er muss länger arbeiten. Ich hoffe, er kann nachkommen. Aber das entscheidet sich kurzfristig.", fügte sie rasch hinzu, um allen weiteren Fragen vorzubeugen. Dann nahm sie den Zimmerschlüssel entgegen und wandte sich zur Treppe. Ganz langsam drehte sie den Schlüssel im Schloss. Jochen und sie waren zwei Mal gemeinsam hier gewesen und jedes Mal war es wunderschön. Plötzlich fragte sie sich, ob es wirklich so eine gute Idee gewesen war, ausgerechnet diesen Ort auszusuchen, um einen klaren Kopf zu bekommen? Der Hauch eines Zweifels überkam sie. Sie schloss auf, gab der Tür einen kleinen Schubs und stellte das Gepäck ab. Dann ging sie zielstrebig auf den Balkon. Der Zweifel verflog: Es war der perfekte Ort! Unter ihr breitete sich glitzernd der Bodensee aus, rechter Hand lagen Weinberge und darüber thronte das Meersburger Schloss. Schon diese Aussicht hatte eine beruhigende Wirkung auf sie. Genau das, was sie brauchte, um ihre Gedanken und Gefühle zu sortieren und zu einer Entscheidung zu kommen. Nach einem weiteren

Augenblick wandte sie sich ab. Den Ausblick würde sie später ausgiebig genießen. Jetzt griff sie entschlossen nach der Tasche, die sie separat gepackt hatte. Eilig lief sie die Treppen hinunter und das kurze Stück an der Uferpromenade entlang zur Therme. Wenige Minuten später tauchte sie genüsslich in das warme Wasser ein. Für einen Moment drehte sie sich auf den Rücken und ließ sich treiben, dann schwamm sie ins Außenbecken. Sie stützte die Unterarme am Beckenrand auf und verfolgte versonnen das Ablegemanöver eines der Schiffe der weißen Flotte: „Was nun Simone?", fragte sie sich. Es war das eine, die Koffer zu packen und hierher zu kommen. Eine Lösung war es nicht, dessen war sie sich bewusst. Langsam drehte sie sich wieder auf den Rücken und blinzelte in die Sonne. Was für merkwürdige Wege das Leben manchmal ging. Simone hatte sich nichts sehnsüchtiger gewünscht, als einen Mann an ihrer Seite zu haben, auf den sie sich verlassen und mit dem sie gleichzeitig viel Spaß haben konnte. Auf ihrer eigenen Suche war sie blind gewesen für die Gefühle, die Lukas für sie entwickelt hatte. Aber auch jetzt, da sie seine Seite der Geschichte kannte, änderte das nichts an ihren Gefühlen für ihn. Simone schmunzelte, Claudia konnte ganz beruhigt sein, denn egal wie es für sie und Jochen ausgehen würde: Lukas war nie eine Option gewesen und würde keine werden. Sie konnte gar nicht genau erklären, weshalb das so war, aber in diesem Punkt war sie sich absolut sicher. Deshalb hoffte sie inständig, dass Lukas und Claudia endlich gemeinsam ihr Glück fanden. Philipp hingegen war leider nur ein Mann zum Spaß haben gewesen. Trotz seiner neuerlichen Avancen, bezweifelte Simone, dass sich daran etwas geändert hatte. Und eines wusste sie ganz genau, sie war keine Frau, die ihren Mann mit anderen Frauen teilen wollte. Sie zögerte einen Moment, aber vor ihrem inneren Auge war Jochen bereits erschienen und strahlte sie an. Sie hatten so viele schöne gemeinsame Stunden miteinander verbracht, so dass sie sicher sein konnte, dass der Spaßfaktor stimmte. Sie musste in sich hinein grinsen, als ihr spontan ein gemeinsamer nächtlicher Badeausflug einfiel. Es war ihr erster gemeinsamer Sommerurlaub. Während der langen, heißen Autofahrt hatten sie sich immer wieder ausgemalt, wie sie auf dem Campingplatz angekommen, gleich ins Meer hüpfen und sich abkühlen würden. Dumm nur, dass ein Stau sich an den anderen reihte und sie erst bei Anbruch der Dunkelheit auf dem Campingplatz eintrafen. Sie mussten sich sputen, um das Zelt im Restlicht der Dämmerung aufgebaut zu bekommen. Als endlich das Gepäck verstaut und die Schlafsäcke ausgerollt waren, war Simones Laune auf dem Nullpunkt angekommen. Jochen hatte die ganze Aktion mit seiner gewohnten, stoischen Gelassenheit gemanagt und betrachtete zufrieden sein Werk. Als sein Blick auf Simone fiel, die sich auf einem ihrer Klappstühle niedergelassen hatte, lachte er sie an und meinte nur: „Ach komm, jetzt hab dich nicht so, immerhin sind wir gut angekommen. Jetzt kann der Urlaub losgehen." – So schnell ließ Simone sich nicht überzeugen und maulte etwas von entgangenem Badespaß. Das ließ Jochen sich nicht zwei Mal sagen und mit den Worten: „Wenn es nur das ist!", verschwand er im Zelt. Kurz darauf stand er mit zwei Handtüchern vor Simone. So gut kannte Simone Jochen inzwischen, dass sie gleich schaltete: „Das ist jetzt nicht dein Ernst?" – Trotzdem ließ sie sich lachend von ihm aufhelfen. Der Campingplatz hatte einen direkten Zugang zum Meer, weshalb sie sich diesen auch ausgesucht hatten. Während ihnen auf dem Campingplatz selbst die Orientierung noch leicht fiel, wurde es abenteuerlich, als sie das eigentliche Gelände verließen, um ans Meer zu gelangen. Mittlerweile war es richtig dunkel geworden. Der Mond war an diesem Abend nur eine milchige Scheibe, an dessen mattes Licht sich die Augen erst einmal gewöhnen mussten, um überhaupt etwas erkennen zu können. Unter viel Gekicher und Gelächter suchten sie den Weg durch ein kleines Wäldchen zum Strand. Abrupt endete der Baumbestand an einem kleinen Abhang, den es noch zu bewältigen galt, bevor der Weg ins Meer frei war. Simone überlegte nicht lange, sondern stürzte sich mutig hinunter. Zu spät merkte sie, dass sie ins Straucheln geraten war, aber Jochen war zur Stelle und Arm in Arm landete sie schließlich auf dem eigentlichen Strand. Das anschließende Bad war herrlich und rückblickend das schönste des ganzen Urlaubs. Ja, Spaß haben konnte man definitiv mit Jochen und bis vor kurzem hatte sie gedacht, dass sie Jochen auch voll und ganz vertrauen konnte. Sie war ganz selbstverständlich davon ausgegangen, dass gegenseitiges Vertrauen auch für Jochen eine wesentliche Basis ihrer Beziehung war. Doch plötzlich tauchte Anja aus dem Nichts auf und schien alles in Frage zu stellen. Oder etwa nicht? Waren die Nerven mit ihr durchgegangen? Jetzt mit etwas Abstand stellte Simone fest, dass sie nichts Handfestes in der Hand hatte, dass ihr Misstrauen begründete. Was blieb war dieses ungute Gefühl und das kam nicht von ungefähr, da war sie sich ganz sicher. Denn selbst, wenn zwischen Jochen und Anja nichts passiert war, so spürte sie doch, dass Jochen ins Grübeln gekommen war. Sie ließ sich einen weiteren Moment treiben, aber allmählich wurde ihr kalt. Noch einmal schloss sie die Augen, dann war sie sich sicher: Sie wollte eine gemeinsame Zukunft mit Jochen. Allerdings nicht um jeden Preis, sie wollte auf keinen Fall seine zweite Wahl sein. Dann würde sie eher den Rückzug antreten und Anja oder sonst wem das Feld überlassen. Genau das würde sie Jochen sagen. Entschlossen stieg sie aus dem Becken und kuschelte sich in ihren Bademantel. Um ihren Kopf schlang sie ein Handtuch zu einem losen Turban und fischte ihr Handy aus der Tasche. Dann suchte sie sich eine ruhige Ecke.

Jochen war angespannt. Seine Stimmung schwankte zwischen genervt sein und Frust schieben, zudem wurde er allmählich wütend. Er hatte extra früh Feierabend gemacht, denn er wollte unbedingt zu Hause sein, wenn Simone kam. Vorher hatte er noch schnell ein wenig aufräumen wollen und stellte dann überrascht fest, dass außer einem Glas und einem Paar Schuhe, das sich ins Wohnzimmer verirrt hatte, die Wohnung einen aufgeräumten Eindruck machte. Bei der Inspektion des Badezimmers fiel sein Blick auf den Wäschekorb. Er stutze. Der Inhalt hatte deutlich zugenommen. Bei näherem Hinsehen merkte er, dass obenauf Kleidungsstücke von Simone lagen. Sie musste also bereits hier gewesen sein. Wo war sie jetzt schon wieder hin? Jochen ballte die Hand zur Faust. So konnte es nicht weiter gehen. Als sein Handy klingelte, zerrte er es ungeduldig aus seiner Hosentasche: „Ja?" – Simone spürte Jochens Anspannung, sie selbst hatte einen Kloss im Hals: „Hallo, ich bin es." – Genervt entfuhr es Jochen: „Wo steckst du denn?" – Simone holte tief Luft: „Gleich. Aber erst muss ich eines wissen: Wie soll es für uns weiter gehen?" – Jochen schluckte. Mit einer Gegenfrage hatte er nicht gerechnet. Zögernd antwortete er: „Sag du es mir?" – Simone holte tief Luft: „Ich glaube, wir sollten mal in Ruhe über alles reden. Was meinst du?" – Eine Welle der Erleichterung überrollte Jochen. Mit einem Mal spürte er, dass er fast schon damit gerechnet hatte, dass Simone ihn bereits endgültig auf den Mond geschossen hatte. Sein „Gerne!", klang rau. Erst jetzt verriet Simone Jochen ihren Aufenthaltsort. Nach dem ganzen Desaster gefiel Jochen die Aussicht auf ein Wochenende am Bodensee.

Nachdem Simone aufgelegt hatte, stellte sie fest, dass sie einen Bärenhunger hatte. Bevor sie die Therme verließ, gönnte sie sich in der Cafeteria einen leckeren Salat mit verschiedenen geräucherten Fischfilets aus dem Bodensee. Derart gestärkt, spürte sie wie ihre Lebensgeister zurück kehrten. Spontan beschloss sie nach Meersburg hinein zu schlendern und Zutaten für ein leckeres Picknick einzukaufen. Jochen würde vermutlich nicht vor acht Uhr eintreffen und wie sie ihn kannte, sicher ordentlich Hunger mitbringen. Simone stellte sich vor, wie sie gemütlich auf den Balkon saßen, etwas aßen und in Ruhe über alles sprachen. In einer Seitengasse etwas abseits des ganzjährigen Touristenstroms kaufte sie ein Zwiebelbaguette und verschiedene Käsesorten. Als Wein wählte Susanne eine Flasche Spätburgunder eines regionalen Weinguts, das sie bei einer ihrer früheren Touren besucht hatten. Sie freute sich über ihren Fund.

Denn es war genau dieser Spätburgunder, der ihnen beiden besonders gut geschmeckt hatte. Die Weinprobe auf dem Weingut hatte auf einer romantisch mitten in den Weinbergen gelegenen Terrasse und mit Blick auf den See stattgefunden. Alleine wegen dieses Ambientes war der Ausflug ein echtes Highlight gewesen. Und dann waren auch noch die Weine allesamt sehr lecker gewesen und so hatten sie mehr verköstigt, als sie eigentlich vorgehabt hatten. Ihr Auto mussten sie jedenfalls stehen lassen und hatten sich in ausgelassener Stimmung mit dem Taxi nach Meersburg zurück fahren lassen. Bestimmt würde sich Jochen ebenso gerne wie sie an diesen Tag zurück erinnern.

Simones Aufregung wuchs mit jeder Minute, die Jochen noch nicht vor der Tür stand. Heute würde die Entscheidung fallen, wie es mit ihnen beiden weiter ging. Verstohlen strich sich Simone eine Träne von der Wange. Sie wünschte sich sehnlichst, dass es gut ausgehen würde.

Jochen parkte sein Auto neben dem Wagen von Simone. Er war nicht sicher, was ihn erwartete. Einen Moment lang blieb er sitzen, dann gab er sich einen Ruck, nahm die Sporttasche vom Beifahrersitz und lief die beleuchteten Außentreppen hoch. Die Empfangshalle war leer, als er sie zielstrebig durchquerte und auf den gegenüberliegenden Treppenaufgang zusteuerte. Vor der Zimmertür blieb er einen Moment abwartend stehen, dann klopfte er. Simone schlug das Herz bis zum Hals. Sie sprang vom Bett, auf dem sie gelegen und sinnlos durchs Fernsehprogramm gezappt hatte und riss die Tür auf. Im Türrahmen stand Jochen, leicht zerknautscht und mitgenommen sah er aus. Simone schlang ihre Arme um seinen Hals und küsste ihn stürmisch. Jochen ließ seine Tasche fallen und erwiderte ihren Kuss. Simone fest im Arm, schob er sie langsam Richtung Bett. Plötzlich kam er ins Straucheln. Sein Fuß hatte sich in der Schlaufe seiner Tasche verfangen. Simone konnte ihren Sturz gerade noch abfangen, indem sie sich an der Wand abstützte. Sie fing schallend an zu lachen. Nachdem sie wieder halbwegs Luft bekam, sprach sie aus, was sie empfand: „Schön, dich zu sehen!" – Jochen hatte spontan mitlachen müssen. Was für ein Auftakt. Er schnappte seine Tasche und schloss die Tür hinter sich. Simone zog ihn hinter sich auf den Balkon hinaus. Der Tisch war liebevoll gedeckt, Teelichter tauchten alles in ein sanftes, flackerndes Licht. Jochen ließ seine Jacke gleich an, hier draußen würde er sie brauchen und Simone zog sich eine mollige Strickjacke über. Bei all ihren Überlegungen hatte sie ganz vergessen, dass es um diese Jahreszeit abends rasch abkühlte und die Feuchtigkeit vom See heraufzog. Trotzdem setzten sie sich in die gemütlichen Stühle und genossen für einen Moment die Stille. Dann fiel Jochens Blick auf den gedeckten Tisch. Simone lächelte in sich hinein, wie gut sie Jochen doch kannte: „Greif zu! Ich hoffe, ich habe an alles gedacht, was du besonders magst." – Jochen ließ nicht zweimal bitten, bei dem leckeren Anblick lief ihm das Wasser im Mund zusammen. Systematisch arbeitete er sich durch die Leckereien hindurch. Er genoss jeden einzelnen Bissen. Wie lange hatten sie nicht mehr gemütlich zusammen gesessen und gemeinsam gegessen. Nachdem sich sein Magenknurren gelegt hatte, legte Jochen das Messer zur Seite. Er wusste nicht, wo er anfangen sollte. Wann genau war ihre Beziehung eigentlich in Schieflage geraten? Sie hatten sich doch so auf ihre Hochzeit gefreut. Dann fiel ihm der Abend mit den Jungs im City wieder ein. Simone spürte, dass Jochen nachdenklich war und ließ ihm Zeit. Irgendwann fing Jochen an, genau von diesem Abend zu erzählen, an dem aus seiner Sicht, alles angefangen hatte. Er begann damit, wie alle ganz selbstverständlich davon ausgegangen waren, dass er längst wusste, dass Anja wieder im Lande war. Ihr Auftauchen ihn aber völlig kalt erwischt hatte. Wie geschickt sie sich zu ihrem Männerwochenende eingeladen hatte und er sich von den Jungs im Stich gelassen gefühlt hatte, weil sie sich so ohne weiteres darauf eingelassen hatten. Dann berichtete Jochen von dem Skifahrwochenende. Simone war erleichtert, dass er ihr endlich ausführlich von den Ereignissen erzählte. Es entspann sich eine Art Pingpong-Frage und Antwortspiel zwischen ihnen, in dessen Verlauf Simone überrascht feststellte, wie sehr sich die Sache aufgebauscht hatte und dass sie selbst ihren Anteil daran hatte. Nach allem was sie gerade gehört hatte, konnte Simone ihm endlich glauben, dass Anjas Liebesgeständnis ihn überrascht hatte. Auch Jochen hatte in den letzten Wochen seine Fragezeichen entwickelt. Ihm war nicht entgangen, dass sich Lukas Interesse an Simone nicht auf den Abend im Ballett beschränkt hatte. Nur dessen plötzliche Zuneigung für Claudia, konnte er nicht einordnen. In diesem Punkt klärte Simone Jochen nur zu gerne auf, freute sie sich doch mittlerweile uneingeschränkt für Claudia. Erleichtert stellte Simone fest, dass Jochen nicht auch noch Philipp auf dem Schirm hatte. Das hätte die Aussprache sicher unnötig verkompliziert und schließlich war da wirklich nichts gewesen.

Nachdem alles gesagt zu sein schien, hingen beide ihren Gedanken nach. Unter ihnen schwappten leise die Wellen an die Uferbefestigung. Simone lauschte dem gleichförmigen Geräusch und spürte die Ruhe, die sich in ihr ausbreitete. Sie wollte diesem friedvollen Gefühl gerne trauen. War die ganze Aufregung tatsächlich nur viel Lärm um nichts gewesen? Hatte sie sich unnötig Sorgen gemacht? Sie sah zu Jochen hinüber, dessen entspannte Gesichtszüge im flackernden Kerzenschein eine magische Anziehungskraft auf sie auszuüben begannen. Simone beschloss, den offenen Fragen heute nicht weiter nachzugehen.

Jochen war froh, dass sie sich endlich ausgesprochen hatten. Die ganze Situation und nicht zuletzt seine eigene Geheimniskrämerei hatten an seinen Nerven gezerrt. Jetzt konnte er die Entspannung körperlich spüren und mit ihr kam eine bleierne Müdigkeit. Die zurückliegenden Tage hatten ihn mitgenommen, so etwas wollte er nie wieder erleben. Das schwor er sich.

Simones Bewegung nahm er nur aus dem Augenwinkel war und schon hatte sie sich auf seinen Schoß gleiten lassen und kuschelte sich eng an ihn heran. Er genoss die Berührung und die Wärme, die von ihrem Körper ausging und schlang seine Arme um sie. Nach einer langen Weile stand Simone auf und hielt ihm beide Hände hin. Er ergriff sie und ließ sich von ihr hochziehen. So voreinander stehend, sahen sie sich einen Moment ernst in die Augen. Schließlich umschlossen Jochens Hände sanft Simones

Gesicht und er küsste sie hingebungsvoll. Trotzdem konnte Simone ein Frösteln nicht unterdrücken. Allmählich wurde es auf dem Balkon definitiv zu kühl. Jochen legte den Arm um ihre Schulter und öffnete die Balkontür.

Der nächste Morgen begann vielversprechend. Durch einen Spalt im Vorhang bahnte sich ein Sonnenstrahl. Simone räkelte sich genüsslich. Sie hatte herrlich geschlafen und fühlte sich ausgeruht wie seit langem nicht mehr. Langsam drehte sie sich auf die Seite und beobachtete Jochen, dessen Lockenmähne ihr noch zerzauster als sonst vorkam. Liebevoll fuhr sie ihm mit einer Hand durch die wilde Pracht und erntete ein Grummeln als Antwort. Unwillig öffnete Jochen die Augen: „Oh nein, du willst nicht andeuten, dass die Nacht schon vorbei ist." – Simone konnte sich ein Grinsen nicht verkneifen, musste aber zugeben, dass Jochen tatsächlich noch reichlich zerknautscht aussah. Sie überlegte einen kurzen Moment lang, ob sie Mitleid mit ihm haben und ihn weiterschlafen lassen sollte. Aber sie entschied sich dagegen. Schließlich waren sie nicht zu Hause, wo man durchaus mal im Bett rumgammeln konnte, sondern hier am Bodensee mit vielen reizvollen Ausflugsmöglichkeiten. Außerdem war das Wetter absolut perfekt, um gemeinsam etwas Schönes zu unternehmen. Sanft knabberte sie an seinem Ohr, bevor sie ihm mit einem abschließenden: „Sorry!", energisch die Decke wegzog. Jochen gab sich geschlagen. Er stand auf und zog die Vorhänge zurück: Simone hatte recht, draußen war es herrlich. Der See lag als glitzernde Scheibe vor ihm und das gegenüberliegende Ufer mit den Bergen zeichnete sich deutlich ab.

Sie hatten einen wundervollen Tag verbracht. Aufzustehen hatte sich definitiv gelohnt. Nach einem ausgiebigen und sehr gemütlichen Frühstück waren sie Hand in Hand die wenigen Meter zu Fuß zum Hafen gegangen und hatten Fahrkarten für die Überfahrt zur Insel Mainau gelöst. Die Farbenpracht der Frühjahrsbepflanzung auf der Blumeninsel war überwältigend gewesen. Sie hatten sich ganz auf die Schönheit der Insel eingelassen und zeigten sich gegenseitig ungewöhnliche Pflanzen, die ihnen so noch nicht begegnet waren und besonders prachtvolle Blumenarrangements. Das Thema, das Anlass für dieses ungeplante Wochenende war, hatte keiner von ihnen angeschnitten. Nur für einen kurzen Moment war bei Simone noch einmal die Frage hoch gekommen, ob wirklich alles gesagt sei. Aber sie merkte schnell, dass sie keine Lust verspürte, weiter darüber nachzudenken. Irgendwann musste auch mal gut sein. Sie vermutete, dass Jochen das genauso sah wie sie. Und so hatten sie einen völlig entspannten Tag miteinander verbracht.

Für die Rückfahrt auf dem Schiff hatten sie sich einen einigermaßen windgeschützten Platz an der Sonne auf dem Vorderdeck gesucht. Trotzdem war es recht frisch und so waren sie mittlerweile die einzigen auf dem Aussichtsdeck verbliebenen Passagiere. Mit bis nach oben zugezogenen Reißverschlüssen und hochgeschlagenen Kragen, saßen sie eng aneinander gekuschelt da und genossen den Ausblick auf das vorbeiziehende Ufer im milden Spätnachmittagslicht. Schließlich löste sich Jochen sanft von Simone und begann nach etwas in seiner Tasche zu suchen. Simone versuchte neugierig zu erspähen, was es war, aber Jochen schüttelte nur den Kopf. Dann schien er fündig geworden zu sein. Lächelnd ging er vor Simone auf die Knie und nahm ihre Hand: „Nach all dem Durcheinander der letzten Wochen, habe ich mir gedacht, ich sollte die Frage nochmal neu stellen: Simone, möchtest du meine Frau werden?" – Simone war überwältigt von seiner Geste. Liebevoll zog sie ihn hoch und antwortete mit voller Überzeugung: „Ja, natürlich möchte ich." – Wieder nebeneinander sitzend, zückte Jochen ein Etui und öffnete es vorsichtig. Darin waren ihre Eheringe. Eigentlich war der Plan gewesen, sie erstmals an der Hochzeit anzustecken, aber Jochen erläuterte, dass er für eine Planänderung sei. Deshalb hatte er die Ringe kurzentschlossen beim Juwelier abgeholt, bevor er sich auf den Weg an den Bodensee gemacht hatte. Er hatte sich vorgestellt, dass wenn sie alle Missverständnisse und Fragen ausgeräumt hätten und sich einig waren, dass sie an ihren Hochzeitsplänen festhalten wollten, sie ihre Ringe bereits jetzt und dann eben doch als Verlobungsringe tragen könnten. Simone war gerührt und konnte im ersten Moment gar nichts sagen. Dann stimmte sie Jochens Vorschlag aus vollem Herzen zu. Vorsichtig löste sie Jochens Ring aus dem Etui und hielt ihn für einen kurzen Moment in ihrer Hand umschlossen. Dann zog sie seine linke Hand zu sich her und streifte ihm den Ring über. Lächelnd betrachtete Jochen seine beringte Hand. Es fühlte sich ungewohnt, aber überraschend gut an. Nun war Jochen an der Reihe. Auch Simones Ring ließ sich leicht überstreifen, waren doch beide Ringe eigentlich für die rechte Hand angefertigt. Simone drehte versonnen an ihrem Ring. Er war wunderschön geworden und würde sie jeden Tag an ihr gemeinsames Hobby das Tauchen erinnern und an den unerwarteten ersten Heiratsantrag unter Wasser. Es war atemberaubend gewesen und sie schwor sich, beim Anblick ihres Rings sich immer an diesen Moment und Jochens untrüglichen Liebesbeweis zurück zu erinnern. In Zukunft wollte sie sich nicht mehr so schnell aus der Bahn werfen lassen, versprach sie sich selbst. Zärtlich griff sie nach Jochens beringter Hand und umschloss sie mit der ihren.

Zurück im Hotel hatte Simone es sich auf dem Balkon gemütlich gemacht und Petra und Claudia eine Nachricht zukommen lassen. Sie bedankte sich bei beiden für ihre Unterstützung und war froh, gleichzeitig Entwarnung von der Sturmfront geben zu können.

Claudia freute sich für ihre Freundin. Aber Simones Nachricht änderte nichts an ihrer persönlichen Situation. Denn nachdem sie sich bei Simones Besuch ausgesprochen hatten, hatte Claudia erkannt, dass sie allein für ihr eigenes Glück verantwortlich war. Deshalb hatte sie beschlossen, um Lukas zu kämpfen, egal was bei Simone und Jochen weiter passieren würde. Entsprechend hatte sie allen Mut zusammen genommen und den ersten Schritt getan und sich bei Lukas gemeldet. So gut es eben ging, versuchte sie Lukas zu erklären, welche Sorge sie umtrieb. Lukas, der sich auch seine Gedanken gemacht hatte und nicht wusste, wie er die Situation einschätzen sollte, hatte erleichtert gelacht und sie beruhigt: „Ich bin geheilt! Es hat lang genug gedauert, bis ich gemerkt habe, dass ich einem Phantom hinterher gelaufen bin. Jetzt würde ich meine Zeit viel lieber mit einer ganz realen Frau verbringen." – Und dann hatte er Claudia eingeladen, ihn am Samstag zu besuchen. Er schlug vor, erst gemeinsam auf dem Markt einkaufen zu gehen und dann zusammen zu kochen. Das war ganz nach Claudias Geschmack. Sie hatten sich direkt in der Stadt verabredet und den Tag mit einem gemütlichen Bummel über den Markt eingeläutet. Zufrieden mit ihren Einkäufen, hatten sie sich mit Einkaufskorb und jeder Menge Tüten in einem der Cafés niedergelassen und bei einer Tasse Kaffee entspannt den anderen Menschen bei ihren samstäglichen Einkäufen zugesehen. Dann waren sie gemütlich aufgebrochen und zu Lukas in die Wohnung gegangen. Seine Wohnung lag in einem schönen Altbau im Dachstock. Claudia war etwas aus der Puste geraten, bis sie endlich vor seiner Wohnungstür angekommen waren und verfluchte innerlich ihre mangelnde Kondition. Bestimmt hatte sie vom Treppensteigen gerötete Backen. Aber Lukas schien das nicht zu bemerken und ließ ihr den Vortritt, nachdem er die Tür aufgeschlossen hatte. Claudia betrat einen hohen, lichtdurchfluteten Raum mit einem schönen Ausblick über die Dächer Stuttgarts. Trotz der Größe und der vergleichsweise spartanischen Einrichtung, strahlte der Raum eine gemütliche Atmosphäre aus. Die freiliegenden Dachbalken leisteten einen entscheidenden Beitrag hierzu. Lukas beobachtete Claudia gespannt, während sie immer weiter in den Raum hineinging und sich umsah. Auf der einen Seite stand ein großes Sofa, das mit seinen ausladenden Flächen zum Lümmeln einlud. Vor dem Fenster war ein großer, altehrwürdiger Holztisch mit sechs Stühlen und auf der anderen Seite eine offene Küche mit modernem Design und hochwertiger Ausstattung. Claudia war beeindruckt. Sie stellte fest, dass sie sich vorher keinerlei Gedanken gemacht hatte, wie Lukas wohl wohnte. Aber das hier übertraf alles, was sie sich vorgestellt hätte. Das Beste war jedoch, dass sie sich sofort wohl fühlte. Sie drehte sich strahlend zu Lukas um, der sie immer noch abwartend betrachtete: „Schön hast du es hier!" – Lukas war erleichtert. Im Gegensatz zu Claudia hatte er sich im Vorfeld sehr viele Gedanken gemacht, mit welchen Augen Claudia seine vier Wände wohl sehen würde. Er hatte lange gesucht, bis er eine Wohnung gefunden hatte, die seinen Vorstellungen entsprach. Als er endlich fündig geworden war, hatte er jede Menge Zeit darauf verwendet, es sich darin nach seinem Empfinden funktional und gleichzeitig schön einzurichten. Dabei hatte er viel Wert darauf gelegt, dass es gemütlich wirkte. Natürlich hatte er gehofft, dass es Claudia auch gefallen würde und ihr Strahlen sprach eine eindeutige Sprache. Zufrieden ging er mit Einkaufskorb und Tüten in der Hand an ihr vorbei Richtung Küche. Claudia folgte ihm und sah sich näher um: „Wow! Das sieht so aus, als würde hier öfter gekocht!" – Lukas wandte sich ihr mit einem verschmitzten Lächeln zu: „Das ist eine meiner geheimen Leidenschaften. In meinem nächsten Leben werde ich Koch." – Claudia fand, dass das vielversprechend klang. Jetzt wurde ihr auch klar, weshalb sie so viele exotische Zutaten gekauft hatten. Insgeheim hatte sie befürchtet, dass Lukas erwartete, dass sie wusste, was man damit veranstalten konnte. Jetzt erkannte sie, dass sie sich in den besten Händen befand und beschränkte sich darauf, alles passend und nach Anweisung zu schnippeln. Die Zeit war während des Kochens wie im Flug vergangen und Claudia stellte fest, dass sie schon lange nicht mehr so viel Spaß gehabt hatte. Immer wieder schaute sie Lukas gespannt über die Schulter und wurde mit leckeren Häppchen belohnt. Dann hatten sie gemeinsam den Tisch gedeckt und die Leckereien mit viel Zeit zwischen den einzelnen Gängen genüsslich verspeist. Ihre Themen hatten sich weitestgehend ums Essen, die Zubereitung und Lieblingsspeisen gedreht und Claudia war überrascht, was für ein ausschweifendes Thema das sein konnte. Dann hatten sie zusammen die Küche aufgeräumt und sich mit einem Glas Wein auf den kleinen Balkon gesetzt, der Platz für genau zwei Stühle bot.

Es hatte sich ganz selbstverständlich ergeben, dass Claudia blieb. Als sie sich erst am späten Sonntagnachmittag verabschiedete, tat sie es schweren Herzens. Am liebsten wäre sie bei Lukas geblieben. Das war eine Überraschung für Claudia. Normalerweise war sie darauf bedacht, die Dinge langsam anzugehen, um sich die Option offen zu halten, sich bei Bedarf zurück ziehen zu können. Aber mit Lukas war die Nähe nicht erdrückend, sondern angenehm und bereichernd. Auch Lukas hatte Claudia nur ungern ziehen lassen. Wie schön es doch war, das Leben mit jemand wie Claudia zu teilen.

Auch Jochen hatte eine WhatsApp geschickt. Seine war an Anja gerichtet. Er hatte lange gegrübelt, wie er seine Nachricht an sie formulieren sollte. Wenn er eines gelernt hatte, dann, dass er gar nicht deutlich genug sein konnte. Andererseits wollte er Anja auch nicht zu irgendeiner weiteren unbedachten Handlung anstacheln. Alles in allem eine schwierige Gratwanderung. Schließlich tippte er:

*"Anja, Simone und ich haben uns ausgesprochen, ich habe ihr alles erzählt, was vorgefallen ist. Deshalb lass es gut sein und halt dich aus unserem Leben raus."*

Anja starrte auf das Display. Sie spürte wie Wut und Verzweiflung in ihr hoch stiegen. Was hieß hier A L L E S? Aber mit einem Mal konnte sie sich lebhaft vorstellen, wie der grundehrliche Jochen wortreich bei Simone seine Beichte abgelegt hatte. Angewidert stellte sie sich vor, wie sich Simone tränenreich für ihre Revanche mit dem Unbekannten im City entschuldigte und beide sich anschließend in den Armen lagen und sich ewige Treue schworen. Anja ließ ihr Handy sinken. Sie wusste, wann es vorbei war. Trotzdem überrollte sie eine Welle der Enttäuschung. Ihre Rückkehr hatte sie sich so ganz anders vorgestellt: Jochen, der sehnsüchtig auf sie wartete, weil er erkannt hatte, dass sie eben doch seine große Liebe war und sie deshalb mit offenen Armen zurück haben wollte. Dann der erste Rückschlag, dass Jochen mittlerweile in einer neuen Beziehung lebte. Trotzdem war sie fest davon überzeugt gewesen, dass es ihr gelingen würde, ihn zurück zu erobern. Er war doch auch in der Vergangenheit immer ihrem Charme erlegen. Jetzt musste sie sich schmerzlich eingestehen, dass sie auf ganzer Linie verloren hatte. Sie hatte das Gefühl, als hätte jemand ihren überdimensionalen rosa Luftballon zum Platzen gebracht.

Simone und Jochen waren die ganze Strecke vom Bodensee zurück nach Hause hintereinander her gefahren. Nach den intensiven Stunden zu zweit war es ein merkwürdiges Gefühl, auf einmal wieder alleine unterwegs zu sein, selbst mit dem Wissen, dass in dem Wagen wenige

Meter vor ihr, Jochen dasselbe Ziel hatte wie sie. Simone hing ihren Gedanken nach.

Sie waren am Samstagabend gemeinsam durch die Meersburger Altstadt geschlendert und hatten spontan ein kleines Lokal gewählt, dessen Menükarte sie angesprochen hatte. Es machte Spaß, gemeinsam ausgiebig zu schlemmen. Zum Auftakt teilten sie sich einen schwäbischen Vorspeisenteller. Die vielfältigen und zum Teil ausgefallenen Maultaschenvariationen amüsierten sie. Da gab es neben vegetarischen Maultaschen, die mit Bärlauch gefüllt waren, andere mit fischiger Füllung und sogar welche mit fruchtiger Füllung. Als Hauptspeise hatte Simone sich nochmal Fisch aus dem Bodensee bestellt. Sie liebte Felchen in den verschiedensten Zubereitungsformen und genoss sie dieses Mal gegrillt mit frischen Blattsalaten. Jochen hatte einen Bärenhunger und sich deshalb ganz rustikal für einen schwäbischen Zwiebelrostbraten mit einer großen Portion Bratkartoffeln entschieden. Zum Nachtisch hatten sie sich ein Himbeersorbet im Sektbad gegönnt. Beschwingt und rundum zufrieden mit ihrem Tag waren sie durch die abendliche Meersburger Altstadt hinunter zum Hafen gebummelt, bevor sie die letzten Schritte zu ihrem Hotel geschlendert waren.

Am Sonntagmorgen blieben sie gemütlich im Bett liegen. Das Wetter war lange nicht mehr so vielversprechend wie am Vortag. Schleierwolken durchzogen den Himmel und für die Sonne reichte es nur zu milchigem Licht, deshalb gab es keinerlei Grund, überstürzt das Bett zu verlassen. Nach einem ausgedehnten Frühstück verstauten sie ihre Sachen im Auto. Spontan entschieden sie sich zu einem Abstecher auf das Weingut, das sie von der Weinprobe noch in bester Erinnerung hatten. Dort stockten sie ihre Vorräte an Wein auf. Natürlich war auch der leckere Spätburgunder Bestandteil ihres Einkaufs. Dann bummelten sie gemütlich an den See hinunter. An ihrer Lieblingseisdiele gönnten sie sich einen großen Eisbecher mit ihren jeweiligen Lieblingseissorten. Simone ließ sich einen überdimensionalen Erdbeerbecher schmecken, während Jochen sich durch sämtliche Schokoladensorten hindurch probierte und am Ende zu dem Ergebnis kam, dass das Zartbittereis seine neue Lieblingseissorte sei. Deshalb konnte er nicht widerstehen, sich nochmal zwei Kugeln in der Waffel mit auf den Weg zu nehmen. In bester Laune unternahmen sie zum Abschluss ihres ungeplanten Bodenseewochenendes einen ausgedehnten Spaziergang an der Uferpromenade entlang, bevor sie zu ihren Autos zurückkehrten.

Zu Hause angekommen, stieg Simone mit einem mulmigen Gefühl aus dem Auto. Wie würde es wohl sein, zum ersten Mal nach all den Turbulenzen, wieder gemeinsam in der Wohnung zu sein. Jochen spürte, dass Simone etwas Ermutigung brauchte. Nachdem sie ihre Taschen abgestellt hatten, nahm er sie liebevoll in den Arm und strahlte sie an: „Schön, dass du wieder zu Hause bist!" – Simone sah Jochen tief in die Augen und merkte, wie sie sich entspannte. Langsam löste sie sich von ihm und blickte sich um: Ja, auch sie freute sich wieder daheim zu sein.

Die verbleibende Zeit bis zur Hochzeit verging wie im Flug. Die letzten Vorbereitungen liefen auf Hochtouren und Simone merkte wie ihre Vorfreude wuchs. Heute war ihr Junggesellinnenabschied. Natürlich war sie gespannt, was die Mädels sich hatten einfallen lassen, allen voran Petra.

Im Vorfeld war nicht die leiseste Andeutung durchgesickert, was geplant war. Wirklich alle hatten dicht gehalten, was die Spannung zusätzlich steigerte. Simone ging in Gedanken mögliche Optionen durch. Noch war es früh am Morgen und es war herrlich, gemütlich im Bett liegend zu überlegen, was sie wohl erwartete. Erst allmählich sickerte in ihr Bewusstsein ein, dass sie gar nicht mitbekommen hatte, wann Jochen von seinem Junggesellenabschied heim gekommen war. Langsam drehte sie sich zu seiner Seite des Bettes. Aber das Bett neben ihr war leer. Wie um sich zu versichern, tastete sie unter die kalte Bettdecke, die jedoch genauso ordentlich dalag wie am Vorabend. Dann dämmerte ihr, dass Jochen noch gar nicht von seinem Junggesellenabschied zurück war. Ursprünglich war geplant gewesen, dass sie beide am Samstagabend weg sein würden, dann aber hatte es eine kurzfristige Planänderung bei den Jungs gegeben, weil sonst nicht alle hätten dabei sein können, die unbedingt mitwollten. Simone hatte das entspannt gesehen und war, nachdem Jochen von einer gutgelaunten Truppe abgeholt worden war, früh ins Bett gegangen, um fit für ihre eigene Party zu sein. Müde wie sie war, war sie rasch eingeschlafen und hatte tief und fest durchgeschlafen. Vermutlich wäre sie nicht so ausgeruht, wenn Jochen mitten in der Nacht polternd nach Hause gekommen wäre und schnarchend neben ihr gelegen hätte. Aber mit einem Blick auf die Uhr stellte sie fest, dass es kurz vor neun Uhr war. Musste sie sich etwa Sorgen machen? In ihre Gedanken hinein, läutete das Telefon. Es war Tobias, dessen Stimme ungewohnt kratzig klang: „Einen wunderschönen guten Morgen, hier der

Junggesellenpartyservice. Wir hätten da einen jungen Mann, der gerne abgeholt werden möchte." – Simone musste lachen. Das sah den Jungs ähnlich, sich erst die Nacht komplett um die Ohren zu hauen und sich dann nach Hause chauffieren zu lassen. Tobias fuhr fort: „Und wenn du frische Brezeln mitbringst, gibt es zur Belohnung eine leckere Weißwurst."

Simone sprang aus dem Bett und zog sich rasch etwas über. Unter die Dusche würde sie später hüpfen, wenn sie sich für ihren eigenen großen Abend fertig machte. Mit zwei gut gefüllten Bäckertüten unterm Arm betrat sie wenig später die Wohnung von Tobias und Melanie. In der Küche ging es unüberhörbar fröhlich zu. Als sie die Tür öffnete, waren die üblichen Verdächtigen eng gedrängt um den Küchentisch herum versammelt. Jochen saß im Eck der Küchenbank und strahlte sie mit nicht mehr ganz klarem Blick an. Robert machte ihr Platz, damit sie sich zu ihm setzen konnte. Der herzhafte Kuss, den sie von Jochen zur Begrüßung bekam, schmeckte nach Alkohol und Rauch: „Puuh, wo habt ihr euch denn rumgetrieben?" – Tobias intervenierte sofort: „Keine Details! Es sei nur so viel verraten: Wir hatten einen richtig guten Abend!" – „Und eine noch bessere Nacht!", ergänzte Leon breit grinsend. Jochen legte einen schweren Arm um Simone und ergänzte: „Stimmt!" – Die zufriedenen Gesichter in der Runde waren Bestätigung genug. Petra grinste Simone achselzuckend an: „Die Jungs haben wirklich nichts verraten, aber was soll's, wir revanchieren uns heute Abend." – Tobias schaltete sich wieder ein: „Genau, ihr wollt ja auch noch los." – Dann fügte er mit einem herausfordernden Unterton hinzu: „Ich erinnere mich dunkel daran, dass die Braut behauptet hat, dass ihr Mädels es länger aushaltet, als wir Jungs. Und damit ihr überhaupt eine Chance habt, würde ich sagen, zählt eure Zeit ab jetzt.", damit blickte er vielsagend auf seine Armbanduhr. Simone wusste nur zu genau, dass er auf den Abend anspielte, an dem sie Petra und Tobias gebeten hatten, ihre Trauzeugen zu werden. Rückblickend schien das ewig her zu sein. Seitdem war so unglaublich viel passiert. Zwischendurch hatte sie beinahe den Glauben daran verloren, dass es noch ein Happy End für Jochen und sie geben würde. Aber hier war sie wieder, diese unbändige Vorfreude auf ihren großen Tag.

Petra riss Simone aus ihren Gedanken und nahm sie und Melanie zur Seite. Jetzt musste auf die Schnelle ein Plan her. Wenn die Jungs ihnen so ein großzügiges Angebot machten, wollten sie das auch nutzen. Da waren sie sich sofort einig. Schließlich machte Melanie einen Vorschlag: „Ich weiß, ich bin nicht gerade früh dran, aber ich habe noch nicht das richtige Outfit für eure Hochzeit gefunden. Warum gehen wir heute Nachmittag nicht gemeinsam auf Shoppingtour?" – Petra sah Simone fragend an. Simone musste nicht lange überlegen: „Prima Idee! Und am besten gehen wir nach Stuttgart. Da kann Claudia direkt dazu stoßen, wenn sie Lust hat." – Sie überlegten, was sie mit den anderen Mädels machen sollten, die abends dabei sein würden, beschlossen aber, dass es zu kompliziert werden würde, alle kurzfristig zusammen zu trommeln. Somit blieb es dabei, dass sie drei gemeinsam aufbrechen würden, sobald Melanie und Simone ihre Männer verarztet hatten. Simone würde nur Claudia zu dieser

Sondertour einladen. Alle drei strahlten. Wieder einmal waren sie sich einig, wie so oft in dieser Runde.

Simone griff direkt zum Hörer und rief Claudia auf ihrem Handy an: „Hallo Claudia, Überraschung! Jetzt ist deine Spontanität gefragt!" – „Na, da bin ich mal gespannt!" – Simone erläuterte in wenigen Worten den Plan. Claudia warf einen nachdenklichen Blick in Lukas Richtung. Sie war bei Lukas in der Wohnung. Mittlerweile war Claudia gefühlt mehr bei ihm, als bei sich zu Hause. Seit ihrem ersten gemeinsamen Wochenende nutzten sie jede Gelegenheit, die sich ihnen bot, um die Zeit zu zweit zu verbringen. Durch Lukas berufliche Situation bedingt, war dies nicht so häufig, wie sie es sich beide wünschten. Aber das sollte sich in den kommenden Wochen ändern, da jetzt endlich der ersehnte Jobwechsel von Lukas anstand, der mit deutlich weniger Außendienstaktivitäten verbunden war. Sehr zu Claudias Überraschung hatte Lukas bereits anklingen lassen, ob sie es sich vorstellen konnte, ganz bei ihm einzuziehen. So sehr sich Claudia über sein Angebot gefreut hatte, hatte sie für sich beschlossen, erst einmal abzuwarten, wie es sich anließ, wenn Lukas dann nicht mehr so häufig auf Dienstreise war und sich dadurch – auch ohne gleich zusammen zu ziehen – mehr Nähe ergeben würde. Aber hier und heute ging es um Simone und jetzt war tatsächlich ihre Spontanität gefordert, denn sie wollte Simone nicht ewig auf eine Antwort warten lassen. Lust hatte sie schon und Lukas würde es bestimmt verstehen, zumal ihr auch, ähnlich wie Melanie noch das passende Outfit für die Hochzeit fehlte. Als Simone ihre Hochzeitseinladung auf Lukas erweitert hatte, hatte Claudia kurz gezögert. Simone, die sofort spürte, dass sich ihre Freundin im Zwiespalt befand, hakte nach: „Claudia, du willst doch nicht ernsthaft alleine zu uns auf die Hochzeit kommen und", fügte sie leicht spöttisch hinzu: „riskieren, dass du als vermeintliche Singlefrau ununterbrochen angebaggert wirst." – Claudia musste lächeln. Nein, es war in der Tat albern, sich Gedanken zu machen, dass womöglich ausgerechnet an Simones Hochzeit alte Wunden aufbrechen könnten und Lukas im schlimmsten Fall wieder seiner verlorenen Liebe hinterher trauern würde. Simone, die ahnte, was ihre Freundin dachte, fügte aufmunternd hinzu: „Etwas mehr Vertrauen solltest du in Lukas und eure Liebe schon haben, meinst du nicht?" – Claudia hatte schließlich zugestimmt. Als sie Lukas die Einladung bei nächster Gelegenheit überbrachte, merkte sie, dass er selbstverständlich davon ausgegangen war, dass er sie zur Hochzeit begleiten würde. Sofort hatte er ihr freudestrahlend präsentiert, wie er sich für sie in Schale werfen würde. Claudia musste insgeheim zugeben, dass sie beeindruckt war, wie gut Lukas darin aussah. Nur leider passte es so gar nicht zu dem, das sie für sich im Kopf hatte. Daher kam ihr die spontane Shoppingtour ganz gelegen: „Also ich bin dabei! Wann und wo?" – Sie verabredeten einen Treffpunkt, dann legte Simone auf: „So Mädels", wandte sie sich an Petra und Melanie: „das ist geritzt. Aber jetzt müssen wir Gas geben, sonst sind wir nie und nimmer rechtzeitig in Stuttgart und dann reicht die Zeit nicht zum ausgiebigen Bummeln." – Mit einem Blick in die Runde merkte Petra schmunzelnd an: „Dann habt ihr ja noch etwas vor, die müden Gesellen hier loszueisen und ins Bett zu bekommen." – Aber Simone war wild entschlossen. Sie setzte sich wieder neben Jochen auf die

Bank und nahm zärtlich seine Hand: „Also, ich höre dein Bett rufen, mein Schatz und zwar ganz laut und deutlich, du auch?" – Jochen himmelte Simone verständnislos an. Simone unternahm einen weiteren erfolglosen Versuch. Schließlich sprang ihr Tobias zur Seite: „Na, Jungs, wir wollen den Mädels doch eine faire Chance geben, dann lasst uns hier mal aufbrechen." – Melanie sah ihre bessere Hälfte dankend an und gab ihm zur Belohnung einen dicken Schmatz auf die Backe. Unter lautem Murren gaben auch die anderen nach und sammelten ihre Sache zusammen. Um das Ganze zu beschleunigen, bot Petra Leon eine Mitfahrgelegenheit nach Hause an, die er dankend annahm als er merkte, dass sich die Küche tatsächlich leerte.

Die Fahrt nach Stuttgart war bester Laune wie im Flug vergangen. Überpünktlich schafften sie es zu dem vereinbarten Treffpunkt, wo Claudia bereits auf sie wartete. Rasch stimmte sie die Einkaufsoptionen ab. Claudia wollte es lieber ein bisschen schicker und Melanie war auf der Suche nach etwas, dass in ihr Budget passte. Trotzdem beschlossen sie, zunächst ihr Glück beim Breuninger zu probieren. Unter viel Gelächter wurden unterschiedlichste Kleidungsstücke heraus gezogen und in die Höhe gehoben, diskutiert und meist wieder zurück gehängt. Dann blieb Claudia andächtig vor einem Ständer mit langen Kleidern stehen. Simone ging zu ihr rüber und zog das nachtblaue Kleid hervor, an dem Claudias Blick zu kleben schien. Der weiche fließende Stoff fühlte sich gut an. Aber am Bügel ließ sich nicht viel zum Schnitt sagen: „Zieh es doch mal an.", ermunterte Simone ihre Freundin. Claudia sah sie zweifelnd an: „Ja, meinst du denn, dass mir so etwas steht?" – Simone musste lachen, wie sollte sie das so entscheiden, aber Claudia fuhr bereits fort: „Du weißt doch, dass ich sonst keine Kleider trage." – Petra, die mittlerweile dazu gestoßen war, hielt den Stoff am Saum hoch, so dass die Form des Kleides besser zu erkennen war und ließ einen prüfenden Blick über Claudia wandern. Schließlich sagte sie: „Ich glaube, du wirst toll in diesem Kleid aussehen. Komm trau dich und probier es an. Mehr, als dass es dir nicht gefällt, kann nicht passieren." – Claudia nahm Simone immer noch zögernd den Bügel aus der Hand und wandte sich den Umkleidekabinen zu. Melanie streifte weiter unentschlossen durch die Reihen: „Irgendeine konkrete Idee?", versuchte Petra zu helfen. Aber Melanie zuckte ratlos mit den Schultern: „Eigentlich bin ich offen für alles." – Petra zog lachend ein grelles, pinkfarbenes Minikleid aus dem Ständer vor ihr: „Na, wie wäre es denn dann damit?" – Melanie wollte gerade lautstark protestieren, als Simones verzückter Ausruf, sie dazu veranlasste sich umzudrehen. Claudia sah fantastisch in dem schulterfreien Kleid mit Neckholder aus. Der fließende Stoff umspielte ihre schlanke Figur und das tiefe Dunkelblau ließ ihren Teint strahlen. „Wow!", entfuhr es auch Melanie. Verzückt drehte sich Claudia vor dem Spiegel und beobachtete wie der Stoff leicht und luftig hin und her schwang. Simone war begeistert: „Das musst du nehmen! Lukas wird es lieben!" – Das Lächeln wich einem nachdenklichen Gesichtsausdruck: „Ich weiß nicht. Ist es nicht zu auffällig?" – Die Mädels widersprachen unisono. Mit einem letzten Blick in den Spiegel, verschwand Claudia in der Umkleidekabine und zog sich wieder um. Mit dem Kleid sorgfältig zurück auf dem Bügel, hängte sie diesen wieder an den Ständer: „Ich muss es mir nochmal überlegen. Was hast du denn gefunden, Melanie?", lenkte sie rasch von sich selber ab.

Am Ende war es Melanie, die mit einer großen Tüte und rundum zufrieden den Laden verließ. Sie hatte einen tollen Jumpsuit in einem sommerlichen Design gefunden, der ihr super stand und in den sie sich sofort verliebt hatte. Bevor sie sich auf den Heimweg machten, lud Simone das Quartett noch zu einem großen Eisbecher in ihre Lieblingseisdiele ein. Für sie hätte der Auftakt zu ihrem Junggesellinnenabschied gar nicht schöner beginnen können.

Anja hatte lange gezögert. Maja hatte sie aus heiterem Himmel gefragt, ob sie sich dem Junggesellinnenabschied von Simone anschließen würde. Im ersten Moment hatte sie gezuckt. Was sollte sie da? Das würde nur unnötig weh tun. Ihr lag die Absage bereits auf der Zunge, doch dann schossen ihr tausende Überlegungen durch den Kopf: Seit sie zurück war, hatte sie allmählich wieder einen Platz in der Clique gefunden. Vermutlich war es für alle selbstverständlich, dass sie mitging. Wahrscheinlich würde es mehr Fragen aufwerfen, wenn sie sich nicht anschloss. Kurz nach dem Skifahrwochenende hatte sie das Gefühl gehabt, dass sie viele fragende Blicke trafen, so dass sie vermutete, dass es Gerüchte gab, dass zwischen ihr und Jochen etwas gelaufen sei. Aber keiner hatte sie direkt darauf angesprochen. Zugegebenermaßen hätte sie auch nicht gewusst, was sie darauf hätte antworten sollen. Wenn sie Jochen in größerer Runde begegnete, ging sie ihm nicht direkt aus dem Weg, aber sie suchte auch nicht seine Nähe. Um Simone einen Bogen zu machen, war deutlich leichter, da sie beiden sich nicht von früher kannten, zudem meinte sie auf Simones Seite eine gewisse Reserviertheit ihr gegenüber zu spüren. Also was tun? Sie konnte sich kaum vorstellen, dass Simone sie dabei haben wollte. Aber schließlich war nicht Simone die Einladende und vermutlich würde es, abgesehen von dem Anlass, ein lustiger Abend werden. Vielleicht entdeckte sie ja bei dieser Gelegenheit endlich, warum Jochen sich für Simone und nicht für sie entschieden hatte.

Treffpunkt mit allen war der Stadtplatz. Geplant war zunächst im City einzulaufen und den Abend mit einem leckeren Cocktail eröffnen. Petra hatte Simone zu Hause abgeholt. Von Jochen war nichts zu sehen gewesen: „Der schläft noch tief und fest. Als ich vorhin nach Hause kam, hat er mich nur angegrummelt, als ich versucht habe, mich bemerkbar zu machen.", erzählte Simone lachend. Sie hatte die morgendliche Dusche ausgiebig nachgeholt und sich eine große Tasse Kaffee gegönnt und für eine halbe Stunde die schmerzenden Füße hochgelegt, bevor sie sich in Schale geworfen hatte: „Ich hoffe, du scheuchst uns heute Abend nicht durch die Gegend. Mir tun die Füße von unserem Stuttgartbummel immer noch mächtig weh!" – Petra musste lachen. Wenn sie ehrlich war, ging es ihr ähnlich, aber eine Planänderung war nicht vorgesehen. Deshalb erwiderte sie: „Ich kann dir nichts versprechen!" – Simone stöhnte theatralisch auf: „Oje, ich ahne Schlimmes!" – Als nächstes stieß Melanie zu ihnen. Als sie wissen wollte, ob die beiden anderen ihre Füße auch so schmerzhaft spürten, grinsten diese nur mitfühlend.

Aus den Augenwinkeln nahm Petra wahr, dass sich ihnen drei weitere Mädels näherten. Als sie genauer hinsah, musste sie schlucken, dann entfuhr ihr: „Das darf doch nicht wahr sein!" – Simone folgte ihrem Blick und erstarrte. Maya und Carola hatten Anja im Schlepptau. Auch Melanie war überrascht: „Wer hat die denn eingeladen?" – Worauf Petra wie aus der Pistole antwortete: „Ich jedenfalls nicht!" – Melanie konstatierte spontan: „Dann waren es wohl Maren und Carola. Die beiden haben sich bestimmt nichts dabei gedacht." – Dann fixierte sie Simone und berührte sie am Arm: „Und du lässt dir davon deinen Junggesellinnenabschied nicht verderben." – Mit einem aufmunternden Blick in Richtung Petra fügte sie hinzu: „Wir schaukeln das schon!" – Petra nickte entschlossen und begrüßte die drei Neuankömmlinge, die mittlerweile bester Laune bei ihnen eingetroffen waren. In dem Moment komplettierte Claudia ihre Runde. Da Claudia bislang nur Petra und Melanie kannte, gab es eine kurze Vorstellungsrunde. Als die Reihe an Anja war, hatte Claudia Mühe, ihren Gesichtsausdruck neutral zu halten. Petras Ankündigung, dass der erste Programmpunkt ein Einkehrschwung im City sei, wurde begeistert aufgenommen. Sofort wandten sich alle dem vor ihnen liegenden Eingang zu. Claudia hielt Petra am Arm zurück und fragte leise: „Das ist doch die Anja, oder?" – Petra stutzte, aber klar, Claudia hatte Anja nur kurz in Begleitung von Jochen auf der Esslinger Burg gesehen. Deshalb bejahte sie und fügte als Antwort auf die in der Luft hängenden Frage hinzu: „Vermutlich haben Maja und Carola sich nichts dabei gedacht und Anja eingeladen heute dabei zu sein." – Claudia war irritiert: „Was soll das denn heißen?" – Petra überlegte kurz, was sie darauf antworten sollte. Das war jetzt wirklich nicht der Moment das Thema zu vertiefen: „Weder Maja noch Carola haben etwas von der Krise zwischen Simone und Jochen mitbekommen und wissen deshalb gar nicht, welche Rolle Anja dabei gespielt hat. Deshalb ist es für sie völlig selbstverständlich, dass Anja heute dabei ist." – Das war für Claudia halbwegs nachvollziehbar, trotzdem hatte sie noch eine Frage: „Aber Anja? Hat sie denn gar keinen Anstand?" – Petra zuckte, selber ratlos, mit den Schultern: „Glaub mir, mir wäre es anders auch lieber. Vermutlich denkt sie sich nichts dabei." – Claudia blieb skeptisch. Warum sollte Anja nach all der Unruhe für die gesorgt hatte, nichts im Schilde führen. Sie würde Anja jedenfalls aufmerksam im Auge behalten. Als sie gemeinsam das City betraten, wurden sie von den anderen neugierig beäugt: „Habt ihr etwa Geheimnisse?", wollte Carola wissen. Petra versuchte ihre Anspannung zu überspielen: „Ich musste Claudia doch noch in unsere Pläne einweihen!" – Dann setzte sie sich neben Simone: „Und, was darf es sein?" – Simone spielte mit der Karte. Eigentlich wusste sie genau, welchen Cocktail sie wollte. Allerdings knurrte ihr bereits der Magen und ihr war klar, dass der Abend kurz ausfallen würde, wenn sie nicht erst einmal eine solide Grundlage schaffen würde. Deshalb sah sie ihre Freundin fragend an: „Essen?" – Petra, die ahnte, was Simone dachte, lachte: „Das Eine schließt das Andere nicht aus!" – Als die Bedienung an den Tisch trat, bestellten sich alle zum Cocktail auch etwas zum Essen. Da die Auswahl an leckeren Salaten groß und das dazu gereichte Baguette die Krönung war, entschieden sich die meisten für einen Salat. Nachdem die Bestellung aufgegeben war, herrschte einen Moment lang Schweigen in der Runde. Petra überlegte krampfhaft, womit sie die Runde auflockern könnte, als Anja sich überraschend zu Wort meldete und wissen wollte: „Wie war denn euer Ausflug nach Stuttgart? Erzählt doch mal.", und sich an Melanie wendend, fügte sie schmunzelnd hinzu: „Warst du erfolgreich?" – Melanie nahm den Ball auf und berichtete unter viel Gelächter von ihrer Shoppingtour. Das Eis schien gebrochen und Petra begann sich zu entspannen.

Anja schaute in die Runde: Was um alles in der Welt tat sie hier? Sie konnte kaum glauben, dass sie hier saß und die interessierte Zuhörerin von den Erlebnissen der Frau mimte, die sie am meisten hasste. Am liebsten wäre sie aufgesprungen und aus dem City gestürmt. Sie versuchte, sich am Riemen zu reißen. Das hätte sie sich früher überlegen müssen. Jetzt sähe es komisch aus, wenn sie gehen würde. Sie zwang sich, ihre Aufmerksamkeit wieder auf das Gespräch zu lenken. Aber ihr Gesicht blieb eine lächelnde Maske.

Claudia saß Simone gegenüber, Anja zu ihrer Rechten, so hatte sie beide gut im Blick. Gespannt betrachtete sie Simone. Wer sie nicht so gut kannte, würde annehmen, es sei alles in bester Ordnung, denn Simone erzählte gerade lachend, wie sie versucht hatten, Melanie das pinkfarbene Minikleid schmackhaft zu machen. Aber Claudia ließ sich nicht täuschen. Unter der Oberfläche war Simones Anspannung zu spüren.

Nach der ersten Cocktailrunde hatten sich die die meisten gleich noch einen zweiten bestellt. Simone hatte die klebrige Süße erst einmal mit einem kräftigen Schluck Mineralwasser hinunterspülen müssen und sich dann unauffällig einen alkoholfreien Cocktail bestellt. Sie vertrug einfach nicht so viel Alkohol und Anjas Anwesenheit schlug ihr ohnehin auf den Magen. Immer wieder schielte sie zu ihr hinüber. Aber Anja war ungewohnt zurückhaltend und beteiligte sich ruhig am Gespräch. Simone atmete tief durch und versuchte, sich zu entspannen. Sie wollte sich ihren Jungesellinnenabschied nicht verderben lassen. Allerdings hoffte sie, dass sie nicht ewig hier sitzen bleiben würden. Und so war sie geradezu erleichtert, als Petra den Aufbruch ankündigte: „Nachdem wir jetzt alle gut gestärkt sind, können wir uns auf den Weg zur eigentlichen Party machen." – Simone war gespannt was das zu bedeuten hatte, zumal als sie den Weg Richtung Bahnhof einschlugen: „Was haben wir denn vor?", wollte sie neugierig wissen und hakte sich bei Petra unter. Doch die antwortete gelassen: „Das merkst du noch früh genug."

Auf dem Gleis Richtung Kirchheim packte Petra aus ihrer gut gefüllten Tasche, Gläser für alle aus und reichte sie herum. Dann bekam jede einen Hugo eingeschenkt. Obwohl Petra ihn zu Hause gut gekühlt hatte, war er nun mehr als wohltemperiert. Alle stürzten das lauwarme Gesöff tapfer herunter, dennoch erntete Petra ein paar bissige Kommentare: „Locker bleiben! An unserem Zielort gibt es frischen Nachschub!", konterte sie gelassen.

Als die S-Bahn Richtung Kirchheim einfuhr, fiel es Simone mit einem Mal wie Schuppen von den Augen: In Kirchheim war Musiknacht. Was für ein tolles Ziel! Jetzt fiel ihr auch wieder ein, dass sie die Plakate gesehen, aber festgestellt hatte, dass der Termin auf dieses Wochenende fiel und damit für sie leider nicht in Frage kam. Spontan fiel sie Petra um den Hals: „Stimmt's wir gehen auf die

Musiknacht?" – Eigentlich wollte Petra nur mit den Schultern zucken und noch nichts Endgültiges verraten, überlegte es sich dann aber anders: „Ich weiß, wie gerne du letztes Jahr gegangen wärst und es dann nicht geklappt hat. Als ich gesehen habe, dass die Kirchheimer Musiknacht zufällig auf deinen Jungeselinnenabschied fällt, brauchte ich nicht lange zu überlegen." – Breit lächelnd öffnete sie ihren Wunderbeutel und verteilte die Eintrittsbuttons, die sie vorab besorgt hatte und händigte das Programm und einen Lageplan aus. Kurz darauf hatten sich alle in die Infos vertieft, es wurde wild durcheinander geredet und diskutiert. Die eine oder andere der lokalen Bands kannte man und so gab es Favoriten, die man auf keinen Fall verpassen wollte. Oder es gab Veranstaltungsorte, die man sonst nicht auf dem Schirm hatte und die man bei dieser Gelegenheit unbedingt besuchen wollte. Petra ließ ihren Blick über den Hühnerhaufen schweifen. Bei dem Durcheinander, das sich ihr hier in der S-Bahn schon bot, versprach es eine Herausforderung zu werden, alle auf der Musiknacht zusammen zu halten. Am Bahnhof in Kirchheim scharte sie die Mädels um sich und versuchte die Vorschläge zu sammeln. Claudia, die keine besonderen Vorlieben hatte, da sie noch nie in Kirchheim gewesen war und auch keine der Bands kannte, stellte kopfschüttelnd an Petra gerichtet fest: „Das wird so nichts! Da müsstest du eine wissenschaftliche Arbeit daraus machen, um das Chaos irgendwie sortiert zu bekommen." – Petra konnte ihr nur lachend zustimmen. Schließlich wandte sie sich an Simone: „Gibt es denn etwas, was du unbedingt machen möchtest?" – Simone überlegte nicht lange: „Kennt eine von euch, die Band „Earls of Grey"? Das klingt vielversprechend. Allerdings sind die erst gegen später dran." – Da niemand etwas zu dieser Band sagen konnte, entschied man, dort auf jeden Fall vorbei zu schauen. Fürs Erste wurde beschlossen, einfach darauf los zu bummeln.

Der laue Abend hatte die Leute in Scharen zum Fest gelockt und entsprechend hoch ging es her. Petra löste als erstes ihr Versprechen ein und organisierte gemeinsam mit Carola eine Runde gut gekühlter Getränke. Dann ließen sich die Mädels treiben und von der Menge in Richtung Wachthaus schieben. Von dort wehten Fetzen von Schlagern zu ihnen herüber und obwohl keines der Mädels bekennender Schlagerfan war, fühlten sich alle magisch angezogen und fanden sich schließlich vor der Open Air Bühne wieder. Es machte einen Heidenspaß die Schlager lauthals mitzusingen, deren Texte dann irgendwie doch alle zu kennen schienen. Simone strahlte in die Runde. Besser hätte ihr Junggesellinnenabschied gar nicht sein können. Gemeinsam mit Maja und Carola ließ sie sich dazu hinreißen mitzutanzen. Übermütig prostete sie den anderen zu und genoss den Moment in vollen Zügen.

Irgendwann gesellte sie sich wieder zu Petra und den anderen. Es wurde eifrig beratschlagt, was nach diesem erfrischenden Auftakt, die nächste Station sein könnte. Man beschloss noch etwas weiter zu bummeln und das Queens als äußersten Veranstaltungsort anzulaufen. Auch das erwies sich als Volltreffer und gleichzeitig als Kontrastprogramm zum Schlager, denn es wurde Rockpop auf schwäbisch geboten. Hier brach man erst auf, als die Band die Instrumente aus den Händen legten und der Umbau für die nächste Band begann. Von diesem Punkt aus gab es nur einen Weg zurück zu den anderen Veranstaltungsorten und Petra beschloss noch einmal für Nachschub an Getränken zu sorgen. Anja, die etwas abseits gestanden und das Programm studiert hatte, nahm den Nachschub dankend entgegen und warf in die Runde: „Wie sieht es aus, können wir Richtung Bären gehen? Da spielt eine Band, die ich super finde." – Alle warfen einen Blick ins Programm. Simones Begeisterung hielt sich in Grenzen. Ihr sagte der Name der Band nichts, die Beschreibung des Stils lautete Funk und Soul. Das war nicht so ihr Ding. Aber rund um den Bären herum war einiges geboten, das vielversprechend klang und sie wollte kein Spielverderber sein. Deshalb antwortete sie, als sie merkte, dass alle Blicke fragend auf sie gerichtet waren: „Klar, warum nicht! Und falls das nichts ist, haben wir drum herum jede Menge Auswahl." – Damit wandten sich alle zum Gehen. Anja bildete das Schlusslicht. Ihr passte Simones Antwort nicht. In Gedanken äffte sie Simone nach: „Und falls das nichts ist...", was bildete sich die blöde Kuh eigentlich ein. Jetzt hatte sie schon dieses Schlagergedöns über sich ergehen lassen und die schwäbischen Imitationen populärer Songs hatte sie eher als lächerlich und peinlich empfunden und sich über die Begeisterung der Anderen nur wundern können. Deshalb brauchte Simone gar nicht so gönnerhaft tun, wenn sie einmal einen Wunsch äußerte.

Claudia fiel auf, dass Anja ein wenig zurück fiel und Abstand zur Gruppe hielt. Was hatte sie nur? Simone hatte doch ihrem Wunsch entsprochen und man war bereits auf dem Weg zu dem von ihr vorgeschlagenen Lokal. Einen kurzen Moment überlegte sie, ob sie sich zu ihr gesellen sollte, aber wenn sie ehrlich war, hatte sie darauf keine Lust.

Sie hatten eine ganze Weile gebraucht, um sich bis zum Rathausplatz durchzuschlagen. Hin und wieder waren sie stehen geblieben und hatten sich die Darbietungen entlang des Weges angeschaut. Als sie nun endlich am Zielort angekommen waren, drängelte sich Anja ungeduldig vor und warf den anderen einen auffordernden Blick zu. Vor dem Eingang des Bären staute es sich. Simone verspürte keinerlei Lust, sich in das offensichtlich volle Lokal hinein zu quetschen und wenn sie sich so umblickte, schien es den anderen, abgesehen von Anja, genauso zu gehen. Unschlüssig blickte Simone zwischen Anja, die das Zögern der Anderen gar nicht wahrzunehmen schien und den anderen hin und her. Dann entschied sie sich, sich zu Anja vorzuarbeiten. Der ganze Abend war bisher so schön gewesen. Das wollte sie auf keinen Fall gefährden, in dem sie Anja in irgendeiner Art provozierte. Aus den Augenwinkeln nahm sie wahr, dass die anderen alles andere als begeistert folgten.

Einmal drinnen angekommen wurde es nicht besser. Es war laut und stickig, von der Band war so gut wie nichts zu hören. Simone versuchte bewusst die Musik wahrzunehmen, was bei der allgemeinen Geräuschkulisse gar nicht so einfach war. Was sie hörte, erwies sich wie befürchtet, als nicht ihr Ding. Sie sah, wie Petra hinter ihr wild gestikulierte und auf den Ausgang zeigte. Die anderen traten offensichtlich bereits wieder den Rückzug an. Simone versuchte krampfhaft Anja im Gewühl vor ihr auszumachen, aber sie konnte die auffällige Lockenmähne nirgends entdecken. Widerwillig zwängte sie sich weiter in die Richtung durch, in die Anja verschwunden war, aber es war, als hätte Anja sich in Luft aufgelöst. Schließlich beschloss Simone, ebenfalls den Rückwärtsgang einzulegen. Mühsam kämpfte sie sich zurück zur Tür nach draußen. Endlich wieder an der frischen Luft, atmete sie tief durch. Die anderen standen wenige Meter vom Eingang entfernt und winkten ihr fröhlich zu. Erleichtert schloss sie sich der Gruppe wieder an. Petra sah sich suchend um: „Wo ist Anja?" – Simone deutete auf den Bären: „Vermutlich noch drinnen. Ich habe sie aus den Augen verloren, noch bevor ich ihr signalisieren konnte, dass wir wieder raus gehen." – Carola behielt den Eingang im Blick: „Sie taucht bestimmt gleich wieder auf!" – Aber Anja ließ sich auf sich warten. Unschlüssig blieben sie an Ort und Stelle. Schließlich beschloss Petra, die Warterei mit Getränkenachschub zu verkürzen. Gerade als sie mit Majas Hilfe die Getränke verteilte, tauchte Anja in der Tür des Lokals auf.

Es hatte eine ganze Weile gedauert, bis Anja realisierte, dass Simone nicht mehr hinter ihr war. Irritiert hatte sie sich umgesehen und auch keines der anderen Mädels entdeckt. Allmählich dämmerte ihr, dass die anderen vermutlich gar nicht mehr da waren. Das war der Moment, in dem sich Anjas mühsam bewahrte Fassung in Luft auflöste. In ihr begann es unheilvoll zu brodeln. Das durfte doch nicht wahr sein, dass die anderen sie hier einfach alleine zurück ließen. Vermutlich wollte Simone sie schon den ganzen Abend über los werden und hatte die Gelegenheit beim Schopfe ergriffen. Die konnte jetzt was erleben.

Als sie die kleine Gruppe fröhlich zusammen stehen sah, stürmte sie wie eine Furie darauf zu. Unvermittelt baute sie sich vor Simone auf, die erschrocken einen Schritt zurück wich. Aber Anja war nicht zu bremsen: „Und du glaubst allen Ernstes, dass Jochen ausgerechnet dich liebt!", höhnte sie: „Von unserer gemeinsamen Nacht beim Skifahren hat er dir bestimmt nichts erzählt, oder!" – Herausfordernd sah Anja Simone an, die ganz blass geworden war. Aber Anja war noch lange nicht fertig: „Und dass wir uns noch nach dem Wochenende in Esslingen auf der Burg getroffen haben und innig Händchen gehalten haben, hat er dir sicherlich auch vorenthalten." – Jetzt schritt Claudia energisch ein: „Hör sofort auf! Was bildest du dir eigentlich ein, Anja? Das mit dem Händchen halten auf der Burg habe ich ganz anders wahrgenommen. Jochen konnte seine Hand gar nicht schnell genug zurück ziehen, als du ihn zu berühren versucht hast und wer weiß, wie es beim Skifahren wirklich war. Wann begreifst du endlich, dass es vorbei ist. Jochen hat sich gegen dich und für Simone entschieden." – Claudia kochte vor Wut und hatte sich in Rage geredet. Abschließend fügte sie drohend hinzu: „Sieh bloß zu, dass du dich vom Acker machst und zwar sofort!" – Anja funkelte sie wütend an, machte dann aber wortlos auf dem Absatz kehrt und verschwand rasch in der Menge. Maja und Carola hatten nur Abfahrt und Bahnhof von dem Schlagabtausch verstanden und schauten verwirrt in die Runde. Aber momentan verspürte niemand die geringste Lust, Aufklärungsarbeit zu leisten. Petra hatte den Arm um Simone gelegt, die leise vor sich hin weinte. Als Melanie Petras flehentlichen Blick auffing, verstand sie sofort und nickte ihr zu. Entschlossen zog sie ihr Handy aus der Tasche und wählte eine Nummer, offensichtlich ohne jemanden zu erreichen. Leise fluchend wiederholte sie den Vorgang. Als sich am anderen Ende endlich jemand meldete, ging alles sehr schnell: „Absoluter Notfall! Es ist mir egal, wie du das machst, aber schaff sofort Jochen hierher! Treffpunkt Kornhaus!" – Nach einem kurzem Moment, in dem sie der Stimme am anderen Ende zugehörte, fügte sie nur ein einziges Wort hinzu: „Anja!", dann legte sie auf.

Simone wusste nicht, was sie denken sollte. Ihre Gedanken purzelten nur so durcheinander. Fieberhaft versuchte sie, das Durcheinander ein wenig zu ordnen: Von der Begegnung zwischen Jochen und Anja auf der Esslinger Burg wusste sie und auch, dass es Annäherungsversuche von Anjas Seite an dem Skifahrwochenende gegeben hatte. Aber wie diese genau ausgesehen hatten, hatten sie und Jochen nie vertieft. War da doch mehr vorgefallen? Sie versuchte, sich zu beruhigen, aber die Tränen kullerten unaufhörlich weiter. Melanie und Claudia gesellten sich zu Petra und Simone. Mitleidig betrachteten sie das Häuflein Elend vor ihnen. Petra wandte sich an Maja und Carola, die etwas abseits stehen geblieben waren: „Ich glaube, das wird heute nichts mehr. Warum zieht ihr nicht noch ein bisschen alleine los?" – Unschlüssig sahen die beiden zu Simone hinüber. Petra folgte ihrem Blick und fügte hinzu: „Keine Sorge, wir kümmern uns um Simone." – Zögernd verabschiedeten sich Maja und Carola. Simone brachte ein schiefes Lächeln zustande und versuchte zu einer Entschuldigung anzusetzen, brach aber sofort wieder in Tränen aus. Nachdem die beiden weg waren, nahm Melanie ihre Freundin am Ellbogen und führte sie ums Eck herum zum Kornhaus. Trotz des Trubels gab es in den Nischen vor dem Museum im Kornhaus kleine Rückzugsmöglichkeiten. Simone setzte sich. Einen Moment lang herrschte ratlose Stille, dann nahm Claudia Simone in den Arm. Als Claudia sich sanft von ihr löste, sah sie ihr in die Augen: „Ich bin mir ziemlich sicher, dass das gerade viel Lärm um Nichts war! So wie diese Person versucht hat, die Begegnung auf der Burg aufzubauschen, ist bestimmt auch nichts an ihrer anderen Behauptung dran." – Jetzt schaltete sich auch Melanie ein: „Das klärst du am besten direkt mit Jochen!" – Simone spürte wie sich eine bleierne Müdigkeit in ihr ausbreitete: Hatten sie das nicht längst geklärt? Wie viele Runden wollten sie denn noch drehen und was kam dann? In dem Moment läutete Melanies Handy: das Handy aus ihrer Tasche ziehend entfernte sie sich ein paar Schritte von den anderen. Simone fischte ihr eigenes Handy aus ihrer Hosentasche und öffnete die Bildergalerie. Sie suchte, bis sie das Foto fand, das sie in ihrem Hochzeitskleid zeigte. Nachdenklich betrachtete sie das Bild. Sie erinnerte sich an den Morgen, an dem sie zusammen mit Petra und Claudia dieses hinreißende Kleid gefunden und sie sich wie eine Prinzessin gefühlt hatte. Allmählich stahl sich der Anflug eines Lächelns auf ihr Gesicht.

Aus dem Augenwinkel nahm sie eine schnelle Bewegung wahr: Jochen kam auf sie zugestürzt. Rasch versenkte sie ihr Handy in der Hosentasche: „Was ist denn passiert!" – Mit wenigen Schritten war er bei ihr und schloss sie fest in seine Arme. Dieses Mal waren es Tränen der Erleichterung, die Simone in die Augen stiegen. Simone überließ es den anderen, Jochen von Anjas Auftritt zu erzählen: „Das darf doch nicht wahr sein! So ein Biest! Schleicht sich heimlich und nackig zu mir ins Zimmer, während ich bereits tief und fest schlafe und ist dann dreist genug zu behaupten, wir hätten eine gemeinsame Nacht verbracht." – Er löste sich von Simone und nahm zärtlich ihr Kinn in seine Hand. Dann sah er ihr tief in die Augen: „Du hast ihr doch nicht wirklich geglaubt?" – Simone zuckte leicht mit den Schultern und antwortete mit leiser Stimme: „Ich dachte, es sei alles geklärt." – Jochen ließ nicht locker: „Es ist alles geklärt! Und das Einzige das zählt ist, dass ich dich liebe und mich allein für dich entschieden habe!" – Spontan applaudierten ihre umstehenden Freunde. Tobias legte zärtlich seinen Arm um Melanie und stellte erleichtert fest: „Gut, das wäre geklärt. Und nun?" – Simone lachte befreit auf. Das sah Tobias ähnlich: Immer bereit sich gleich wieder ins Vergnügen zu stürzen. Aber sie winkte ab: „Seid mir nicht böse, aber nach der ganzen Aufregung ist mir die Lust vergangen. Ich will nur noch nach Hause." – Mit diesen Worten nahm sie ihren Eintrittsbutton ab und heftete diesen Tobias an. Dann fügte sie lächelnd hinzu: „Aber die Nacht ist ja noch jung. Lasst euch nicht abhalten und feiert noch ein bisschen für mich mit." – Petra, die sich verantwortlich fühlte, entgegnete: „Und wie kommt ihr nach Hause?"- Aber Jochen winkte ab: „Dafür bin ich zuständig. Wir lassen uns dann von euch berichten, wie es war." – Nach einer kurzen Verabschiedungsrunde nahm Simone Jochens Hand und wandte sich zum Gehen: „Zu Fuß?", fragte sie. – „Zu Fuß!", antwortete Jochen. Es war schön, dass sie sich fast ohne Worte verstanden. Es würde zwar eine Weile dauern, bis sie nach Hause gelaufen wären, aber das machte keinem der Beiden etwas aus. Im Gegenteil.

Simone und Jochen hatten auf dem Heimweg wenig gesprochen. Simone merkte, wie sie mit jedem gemeinsamen Schritt ruhiger wurde. Was für ein verrückter Tag! Was für eine verrückte Zeit, seit Jochens Heiratsantrag. Simone wurde bewusst, dass mit dem Bejahen der entscheidenden Frage noch lange nicht alles geritzt war. Wie viele Umwege waren sie und Jochen gegangen, bis sie nun hier zusammen unterwegs waren. Erst jetzt spürte sie die tiefe Zuversicht, dass sie nun wirklich nichts mehr auf dem Weg zum Traualtar aufhalten konnte.

Die Woche bis zur kirchlichen Trauung verging wie im Flug. Am Ende war noch einiges vorzubereiten gewesen, aber jetzt, jetzt war es endlich so weit. Simone schritt an Jochens Arm den Gang zum Altar hinunter und strahlte. Links und rechts blickte sie reihenweise in fröhliche Gesichter. In einer der vorderen Reihen entdeckte sie Claudia und Lukas.

Lukas drückte Claudias Hand, als Simone und Jochen auf ihrer Höhe angekommen waren: „Na, wie wär's. Auch Lust auf ein Brautkleid?", flüsterte er ihr zärtlich ins Ohr. Claudia spürte ein angenehmes Kribbeln in ihrer Bauchgegend. Sie beschloss sich einer Antwort, zumindest für heute, zu enthalten. Fürs Erste war sie überglücklich, dass Lukas nur Augen für sie hatte. Nachdem sie ohne ein Outfit am vergangenen Samstag aus der Stadt zurück gekommen war, hatte Lukas natürlich nachgefragt. Als er das Leuchten in Claudias Augen sah, als sie von dem nachtblauen Kleid erzählte, entwickelte er einen Plan. Er hatte sich am Dienstag nach der Arbeit auf einen Kaffee nahe der Markthalle mit ihr verabredet. Es war dasselbe Café, in dem sie nach ihrem ersten gemeinsamen Einkaufsbummel gesessen hatten und nur wenige Schritte vom Breuninger entfernt. So war es ein Leichtes gewesen, Claudia zu überreden, ihm dieses Kleid nur mal zu zeigen, natürlich ganz unverbindlich, wie er schmunzelnd versicherte. Als Claudia aus der Umkleidekabine trat, war er hingerissen von ihrem Anblick. Er brauchte keinen Moment lang überlegen. Bis Claudia wieder in ihren Alltagsklamotten aus der Umkleidekabine trat, hatte er das Kleid bereits gekauft und überreichte ihr strahlend die voluminöse Einkaufstasche. Claudia war ihm wortlos um den Hals gefallen. Als sie es für die Hochzeit anzog, hatte sie sich wie eine Prinzessin gefühlt. Lukas der sich bereits in Schale geworfen hatte, nahm sie galant in den Arm und drehte mit ihr ein paar Walzerschritte. Sie hatte das Gefühl zu schweben und sah mit Vorfreude der Tanzfläche am Abend entgegen. Für den Moment versuchte sie sich aber wieder auf die eigentlichen Hauptpersonen zu konzentrieren. Jochen und Simone waren am Altar angekommen und nahmen auf den für sie bereit gestellten Stühlen Platz. Die Gemeinde setzte sich.

Petra war froh, sich endlich hinsetzen zu können. Die Hochzeitsvorbereitungen hatten sie in den letzten Tagen auf Trab gehalten und heute Morgen war sie schon früh bei Simone gewesen, um ihr mit dem Hochzeitskleid und allem drum herum zu helfen. Zum ersten Mal konnte sie selbst richtig durch atmen. Sie blickte sich um und sah in all die freudig gespannten Gesichter. Mit einem Mal wurde ihr bewusst, dass sie eine der Wenigen war, die solo hier waren. Mit einem Anflug von Traurigkeit kämpfend, wischte sie sich verstohlen eine Träne aus den Augen. Ob ihr auch irgendwann einmal ein solcher Tag vergönnt war? Jedenfalls nahm sie sich fest vor, die männlichen Besucher beim Hochzeitsfest unter die Lupe zu nehmen. Vielleicht war ja ein akzeptables, freies Exemplar für sie dabei. Aber jetzt würde sie sich erst einmal auf die Trauung konzentrieren. Der Pfarrer war nach vorne getreten und in der Kirche trat eine erwartungsvolle Stille ein, in der nur das leise metallische Klacken der schweren Kirchentür zu hören war.

Ganz langsam schloss er das schwere Kirchenportal. Er lehnte die Stirn an die kühle Außenseite. Es war, als hätte sich auch in seinem Inneren eine Tür geschlossen. Einen Moment lang versuchte er dem Gefühl hinterher zu spüren, aber er konnte es nicht so recht einordnen. Hatte er womöglich einem Traum nachgehangen und erwachte langsam. Er fühlte sich tatsächlich ein wenig wie jemand, der nach einem intensiven Traum nur ganz allmählich zu sich kommt und dann froh ist, die nächtlichen Schatten abzuschütteln.

Simone hatte das metallische Klacken auch wahrgenommen, das in die gebannte Stille hinein hallte und das signalisierte, dass die Tür hinter ihr ins Schloss fiel. Instinktiv wusste sie, dass es Detlef war, der sich endgültig aus ihrem Leben zurück zog. Erleichterung durchströmte sie. Endlich konnte sie auch dieses Kapitel endgültig abschließen. Zärtlich drückte sie Jochens Hand, der sie strahlend anlächelte.

Detlef löste sich von der Tür, seine Schultern straffend, machte er drei Schritte rückwärts. Wenn er ehrlich war, dann hatte er bereits nach Simones Auftritt bei ihrem letzten Treffen im Café gewusst, dass er keine Chancen mehr hatte. Was hatte er sich von seinem heutigen Erscheinen erhofft? Schließlich waren sie nicht in einem dieser amerikanischen Filme, in denen jemand während der Trauung aufspringt und vermeintliche Ansprüche geltend macht. Hätte er das überhaupt wollen? Es war spannend gewesen, Simones Verwandlung zu erleben, aber er, er hatte sich nicht verändert und, wenn er ehrlich war, wollte er auch gar nicht raus, aus seiner Haut. Eine erneute Beziehung zwischen ihnen, wäre mit Sicherheit auch im zweiten Anlauf gescheitert, vermutlich sogar viel schneller, gestand sich Detlef grinsend ein. Es war gut so wie es war.

Detlef ließ seinen Blick schweifen. Am Rand des Kirchenvorplatzes stand eine engelsgleiche Frau, deren dunkle Wallemähne einen auffälligen Kontrast zu ihrer hellen, zart schimmernden Haut bildete. Sie machte keinen Hehl daraus, dass sie ihn interessiert beobachtete. Für einen langen Moment sahen sie sich an, dann gab Detlef dem Impuls nach und ging langsam auf sie zu. Je näher er kam, umso stärker fühlte er sich von ihr angezogen.

Anja hatte gespannt Detlefs Abgang beobachtet: Noch ein Ausgestoßener, war ihr erster Gedanke und was für ein attraktiver dazu ihr zweiter. Auch sie hatte sich lange überlegt, ob sie überhaupt herkommen sollte. Nur ungern erinnerte sie sich an den Abend der Kirchheimer Musiknacht zurück. Rückblickend verstand sie nicht, was sie da geritten hatte. Es hatte nicht erst Claudias deutliche

Worte gebraucht, um zu begreifen, dass sie Jochen verloren hatte. Das hatte sie, wenn sie ehrlich zu sich selber war, auch vorher bereits gewusst. Mit ihrem Ausbruch hatte sie alles nur schlimmer für sich selbst gemacht. Selbst Maja und Carola verhielten sich seit dem Abend ihr gegenüber distanziert. Jetzt fühlte sie sich in der Tat wie eine Ausgestoßene. Deshalb hatte sie gezögert und war erst im letzten Moment Richtung Kirche aufgebrochen. Davorstehend, hatte sie es sich nochmal anders überlegt: Sollten Jochen und Simone glücklich miteinander werden, aber bei der Trauung zuzusehen, brachte sie dann doch nicht übers Herz. Und so war sie unschlüssig etwas abseits vor der Tür stehen geblieben und hatte fasziniert beobachtet, dass sie offenbar nicht die Einzige war, die nicht so recht wusste wohin. Automatisch fühlte sie sich zu dem Unbekannten hingezogen, wartete jedoch mit gespielter Gelassenheit ab. Im Näherkommen taxierten sie sich, bis Anja lächeln musste. Detlef erwiderte ihr Lächeln: „Mir ist nach einem Prosecco zumute, dir auch?" – Anja musste nicht lang überlegen, bevor sie antwortete: „Vielleicht auch zwei.", es war eine Feststellung und keine Frage. Detlef bot ihr galant einen Arm und mit einer geschmeidigen Bewegung hakte sich Anja bei ihm unter. Gemeinsam steuerten sie auf einen der freien Plätze im Außenbereich des City zu. Was für ein vielversprechender Anfang, schoss es Detlef durch den Kopf, als er Anja aufmerksam den Stuhl zurechtschob.

*Ende*

## Andrea Späth

### *Herz im freien Fall*

*Susanne würde lieber heute als morgen ihr Singledasein beenden. Unverhofft eröffnen sich gleich mehrere Möglichkeiten. Da ist zum einen die bevorstehende Hochzeit ihrer Freundin, die nichts unversucht lässt, um einen passenden Tischherren für Susanne zu finden. Dann lernt sie Kai kennen. Er plant sogar, ihr zuliebe nach Stuttgart zu ziehen. Schließlich gibt es auch noch den neuen Kollegen, der ihr unverblümt Avancen macht.*

**Mitten in ihrem eigenen Gefühlschaos braucht Kollege und Freund Sven ihre Unterstützung in seiner Beziehungskrise.**

**Da sind Turbulenzen vorprogrammiert.**